Jan Sammer

Geschichten aus Rammelstadt

Jan Sammer

Geschichten aus Rammelstadt

Roman

Bibliografische Information der Deutschen Nationalbibliothek:
Die Deutsche Nationalbibliothek verzeichnet diese Publikation
in der Deutschen Nationalbibliografie, detaillierte bibliografische
Daten sind im Internet über http://dnb.dnb.de abrufbar

©2018 Jan Sammer
Herstellung und Verlag
BoD – Books on Demand, Norderstedt

ISBN: 9783748132141

Vorwort und Danksagung

„Warum, mein Lieber, schreibst du ein solches Buch? Geht es dir vielleicht nicht gut, möchtest du reden?" Diese und ähnliche Fragen wurden mir in den vergangenen Jahren zuhauf gestellt, wenn es um „Geschichten aus Rammelstadt" geht – einem Roman, der beschrieben werden könnte als eine Art „Comedy-Action-Fantasy-Horror-Porno", mit Betonung auf dem komödiantischen Aspekt. Nun, zuallererst: Weil ich es konnte. Zum zweiten: Weil es getan werden musste. Zum dritten: Weil mein Freundeskreis an den Kapiteln einen solchen Spaß entwickelt hatte, dass ich das Projekt unmöglich im Papierkorb verschwinden lassen konnte. Das Ergebnis dieser Umstände, lieber Leser, halten Sie nun in den Händen. Ich bin froh über diese Entwicklung und wünsche Ihnen die nötige charakterliche Festigung und Akzeptanz sowie hoffentlich auch eine Menge Spaß beim Lesen. Lassen Sie mich den Rest dieser Seite nutzen, um mehreren Menschen zu danken: Meiner Schwester Judith sowie Michael Steets und Katharina Weber, die dieses Buch lektoriert haben; meiner Verlobten Franziska, die trotz Lektüre dieses Buches heute noch ihren Weg mit mir teilt; meinem Freund Ingmar, der diese Widmung beim silvesterlichen Wichteln gewonnen hat; meiner Freundin Bruni Leuchtkolben, die mit ihren wundervollen Arbeiten grafisch zur Seite gestanden hat – und all jenen, die mich durch ihre steten Nachfragen angetrieben haben, dieses Buch wirklich einmal fertig zu stellen. Ich danke euch allen!

Ein augend Glied

ein eichler Strich

ein bruster Kuss

ein kopfer Stoß

im Spermenglanz ein schlucker Mund.

Welch schusses Nass

welch schlusser Spritz

und zucker Stöhn

durchnachtend klingt:

in lakend Trieb durchzweite Stund

Alt-dildoische Dichtung, die vollkommen irrelevant
für die Kontextualisierung oder Interpretation dieses
vorliegenden Romans ist.

 # 1 Louis hat kein Benzin mehr

Louis hatte kaum noch Benzin im Tank. Er beschloss, die nächste Tankstelle anzusteuern und neue Flüssigkeit in seine Corvette pumpen zu lassen. Es dämmerte bereits, als er den Wagen von der Straße lenkte und die nordöstliche Tankstelle von Rammelstadt anfuhr, die erleuchtet, aber verlassen am Beckengürtel der Häuserleiber lag. Louis steuerte Zapfsäule eins an und manövrierte den Tankschlauch in den Einspritzer. Es tat sich nichts. Verwundert sah er auf die Anzeige, drückte erneut den Hebel am Benzinschlauch. Kein Benzin floss.

Ein wenig verärgert betrat Louis die Tankstelle und schritt zur Kasse, an der eine üppig ausgestattete Blondine saß. Sie war Mitte 30, hatte schüchterne Reh-Augen und eine niedliche Bluse, an der zwei steile Spitzhügel das Landschaftsbild prägten.

„Das Benzin ist leer", sagte Louis. „Wie kann ich denn jetzt einspritzen?" Sie erwiderte seinen Blick, während sie an ihren Brustwarzen spielte. „Wir haben gerade unser System umgestellt, um Lieferkosten zu sparen und unsere Stellung in der Stadt zu verbessern", sagte sie dann.

„Wie meinen Sie das?", fragte Louis. Sie erhob sich und ging zu den Wandregalen hinter ihr, die mit schwarzen Pillendosen bestückt waren. Sie nahm eine der kleinen, elegant wirkenden Dosen heraus und kehrte zurück an die Theke. „Sie schlucken einfach eine dieser Pillen für jeweils fünf Liter Benzin. Diese Kohlensulfid-Verbindungen sorgen dafür, dass sich ihr Ejakulat in Treibstoff verwandelt, je nach ihren Wünschen in Diesel oder Super. Dann stecken Sie ihren Penis in den Einspritzer und wichsen sich ordentlich einen ab."

„Aha", brachte Louis verblüfft hervor. Dann fragte er ein wenig misstrauisch nach. „Heißt das, mit einer dieser Tabletten produziere ich am Stück fünf Liter Sperma? Ist das nicht gefährlich?"

„Nein", sagte die Kassiererin, „die Tabletten haben eine langjährige Testphase durchlaufen und werden nun bei uns in Rammelstadt erstmals angeboten. Sie sind absolut sicher."

Er zögerte, dann griff er in die Tasche und bezahlte die kleine Dose mit dem Tankviagra. Sie gab das Wechselgeld heraus, lehnte sich zurück und griff zu einer Tasse Kaffee, die vor ihr auf dem Tisch stand.

Als er zu seiner Corvette in die Nacht hinaustrat, lag ihr Einspritzer noch wartend für ihn bereit, ganz so, wie er sie verlassen hatte. Er sah beidseitig die Straße entlang. Niemand war zu sehen. Louis öffnete die Dose und schluckte eine der schwarzen Tabletten. Sofort spürte er, wie sich ein warmes, benzinöses Gefühl in seinen Hoden ausbreitete und die Viskosität und das Volumen seines Liebessaftes sich sprunghaft erhöhten. Sein Schwanz richtete sich zu ungeahnter Größe auf und füllte sich blubbernd und sprudelnd mit Autosaft. Louis schaffte es gerade noch, mit der Spitze seines Kolbens den Einspritzer zu passieren, bevor er mit einem lauten Grunzen seine Tankfüllung begann. Aus Büchern wusste er, dass der Orgasmus von Schweinen bis zu einer halben Stunde dauern konnte. Seiner dauerte nun immerhin fünf Minuten, dann waren fünf Liter Benzin in den Tank geklatscht. Seine Eier brannten wie Ameisen unter einer Lupe. Mit einem erleichterten Seufzen stützte Louis sich auf dem Dach seiner Maschine ab, um wieder zu Atem zu kommen. Aus den Augenwinkeln beobachtete er, dass die Kassiererin ihre Bluse abgelegt hatte. Offenbar hatte sie ihm über eine der Kameras beim Auffüllen beobachtet.

„Hat geklappt", rief er und hob den Daumen. Sie zuckte ein wenig zusammen, drehte sich zu ihm um und beendete das Kneten ihrer formschönen Brüste. Er zog die Hose wieder an und kehrte kurz zum Nachtschalter zurück.

„Sie haben eine tolle Maschine", sagte sie.

Er nickte. „Danke. Und ihre neue Methode ist beeindruckend. Jetzt kann ich überall tanken; auch, wenn einmal keine Tankstelle in der Nähe ist, beim Einkaufen oder so. Wie fährt es sich denn eigentlich mit dem neuen Benzin? Hätten Sie Lust auf eine kleine Spritztour?"

Sie lächelte. „Ich habe in zehn Minuten Feierabend, dann komme ich gerne mit Ihnen. Haben Sie Lust, mir so lange ein wenig die Brüste zu massieren?"

Er dachte kurz nach und sah in Richtung der Corvette.

„Ich bin mir nicht sicher, ob meine Frau damit einverstanden ist. Aber ich denke, das geht in Ordnung. Wir haben es nicht eilig."

„Ich bin übrigens Cindy", sagte die Kassiererin.

„Angenehm, Louis", sagte Louis und beugte sich vor, um ihren Dekolleté-Bereich mit den Fingern zu erforschen. Die letzten Minuten ihrer Schicht strichen vorbei, ohne dass ein weiterer Kunde kam: Im Nordosten von Rammelstadt wurde es nach Einbruch der Dunkelheit ruhig, weil fast alle Einwohner abends ins südliche Vergnügungszentrum strebten.

Nachdem Cindy abgeschlossen hatte, gingen die beiden gemeinsam zur Corvette, in der Louis' Frau bereits auf die beiden wartete. Mirabella war Insektologin und sie wollten heute gemeinsam im Wald Glühwürmchen beobachten. Louis brachte seine Maschine zum Vibrieren und die Drei starteten ins Dunkel der Nacht. Es sollte die Nacht ihres Lebens werden – und alles startete mit fünf Litern Benzin.

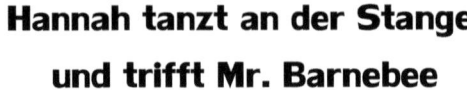

2 Hannah tanzt an der Stange und trifft Mr. Barnebee

Im südlichen Zentrum von Rammelstadt gab es mehrere Nachtclubs, vor denen sich abends lange Schlangen bildeten. Vor einem der berühmtesten, dem Kitzlerkeller, stand Hannah im Minirock und fröstelte. Es war schon Juni, aber im Augenblick hätte man mit ihren Brustwarzen Zitronen auspressen können. Ihre Freundin Shana hatte ihr vor kurzem den Tipp gegeben, im Kitzlerkeller vorbeizuschauen. Dort sollte es nicht nur Barhocker mit vorgefertigten Sitzdildos geben, sondern auch exotische Stangentänze, bei denen Männer und Frauen an großen, eichernen Liebesästen ihre Bewegungskünste bewiesen. Der gut gebaute Türsteher bedeutete Hannah, ihre Unterwäsche unter dem Minirock zu entfernen und sie in den dafür vorgesehenen Wäschekorb zu legen. Dann untersuchte er Hannahs Handtasche mit Mund und Nase und ihren Körper auf verborgene Gegenstände. Nach einigen Minuten des Erforschens konnte sie passieren und die mit kleinen Strass-Klits besetzten Stufen in den Kitzlerkeller hinabsteigen.

Im Club vibrierte die Luft von den Bässen, es roch nach Moschus, Vanille und Pheromonen. An der Vagibar zeigten zwei Showbarkeeper ihre Künste und ließen die Flaschen durch die Lüfte fliegen, während viele Neugierige und Schluckwillige auf den Dildohockern Platz genommen hatten. Hannah ließ sich auf einem handgefertigten Weidenast-Hocker nieder und bestellte einen Gin Tonic. Im Hintergrund lief ein Lied aus den 90ern, das sie angenehm an ihre ersten sexuellen Abenteuer erinnerte. Sie war 14 gewesen, sie waren auch 14 gewesen.

Neben ihr saß ein älterer Herr mit grau meliertem Haar. Er hatte ein reifes, aber durchaus erregendes Gesicht, dessen Narben und vom Wetter gegerbte Haut die Geschichten der Seefahrt erzählten. An Stelle seines rechten Unterschenkels hatte er einen hölzernen Dildo umgeschnallt, der vom Kniegelenk abwärts dem klitbesetzten Boden entgegen nickte. In der einen Hand schwenkte er einen Whisky, dessen Geruch sich süßlich und ein wenig torfig an Hannahs Nase schmiegte, in der anderen hielt er eine qualmende Pfeife.

„Hey, Puppe", sagte er und hustete Rauch in ihr Gesicht. Sie wusste sofort, er hatte etwas Besonderes an sich, das sie anzog. „Hallo", erwiderte sie und nippte an ihrem Gin Tonic.

Er glitt mit seinen Augen über ihren Körper: entlang an den verspielten Kokosnüssen, den sandfarbenen Bauch hinunter in Richtung der Lustbucht, dann die Ankerbeine hinunter ins Meer und nach einigen erfrischenden nassen Spritzern wieder nach oben bis zu ihren himmelblauen Augen und dem roten Haar, das wehend ihr frisches Gesicht umspielte. Sie spürte seinen Wunsch, in ihrer Bucht anzudocken und im Sturm der Liebe zu koitieren.

„Du bist noch nie hier gewesen, sonst hätte ich dich gesehen", sagte er. Es war keine Frage, es war eine Feststellung.

„Woher weißt du das?", fragte sie verblüfft.

„Ich merke mir jeden Körper wie eine einzigartige Landschaft", sagte er und malte mit dem Finger seiner ringbeschmückten Hand Linien, Kreise und andere Formen in die Luft. Dann wanderte sein Finger an die Schläfe. „Deiner war noch nicht in meinem Kopf abgelegt."

Hannah trank noch einen Schluck. Eine Weile schwiegen sie versonnen. „Soll ich für dich tanzen?", fragte sie dann. Im Hintergrund auf dem Podest war gerade eine Eichenstange freigeworden. „Sehr gerne", sagte er lächelnd. Sie lächelte ebenfalls, nickte und stieg das Podest empor. Es war eine Weile her, dass sie an der Stange getanzt hatte. Hannah atmete einmal tief durch und begann ihre Beine um die harte Eiche zu schlingen, sie regelrecht mit ihrem Körper zu vereinigen und ihre Astlöcher spielerisch in die Höhe zu strecken. Sie schenkelte die Stange und versicherte sich, dass sie die Aufmerksamkeit des Kapitäns hatte. Dann drehte sie sich über Kopf von der Eiche weg in seine Richtung und ließ ihre Wonnehügel neckisch auf seinen Whisky schielen. Es war zweifelsohne ein schottischer Tropfen, der da im Glas funkelte, vermutlich von der Speyside, der zentralen Whisky-Region der Insel, in der rund 50 Brennereien beheimatet waren. Ob es ein Cragganmore oder ein Aberlour war, vermochte sie nicht zu sagen, zumal bei ihren Überkopfpirouetten jeweils nur kurze Zeit verblieb, mit der Nase die Nähe seines Glases zu suchen. Der Geruch aber betörte sie und feuerte sie zu genitalakrobatischen Höchstleistungen im Stangentanz an, denen sie nun gerne nachkam, mal am Boden die Stange klammernd, mal beinahe schwerelos in der Luft um sie kreisend.

Nachdem sie eine Weile getanzt hatte, applaudierte der Kapitän begeistert. „Das war wirklich herausragend", sagte er glücklich und nahm sie in die Arme. Die beiden Kellner und die umliegenden Gäste fielen in das Klatschen ein, Applaus brandete auf. Hannah nickte dankend in die Menge und errötete leicht. So viel Applaus hatte sie noch nie bekommen. Sie fühlte sich wie Marilyn Monroe, nur ohne Wind oder Unterwäsche und mit Eichenholz zwischen den Schenkeln.
Als sich alle wieder mit sich selbst beschäftigten, fielen

Hannah und der Kapitän auf die Barhocker zurück. Er nahm einen Schluck Whisky und sah ihr in die Augen. Nach einem längeren Blickkontakt, in dem sie sich in seinen Augen verlor, sagte er: „Ich heiße Barnebee und bin der Besitzer des Kitzlerkellers."

Sie war überrascht. „Das freut mich aber, Sie persönlich kennenzulernen, Mr. Barnebee."

„George." Er lächelte und strich ihre Wange. „Gutes Kind, du erscheinst mir wie eine Goldgrube, in der man nur tief genug schürfen muss. Hast du nicht Lust, ab sofort für uns zu tanzen?" Hannah nickte lächelnd und kicherte. „Aber nur, wenn du mir gelegentlich von deinem Seemannsgarn erzählst und mich demnächst einmal ordentlich kielholst."

„Das können wir machen", lachte er, „ich hab auch ein Boot."

3 Das Ritual

Es war eine halbe Stunde vor Mitternacht, als Flore sich zu Fuß ins nördlich von Rammelstadt gelegene Waldstück begab. Sie hatte vor, den Göttern des Voodoo eine Opfergabe darzubringen, so wie sie es von ihrer Mutter gelernt hatte. Flore war Haitianerin und vor kurzem von ihrem Freund verlassen worden. Jimbo hatte erst bei ihrer besten Freundin eingezipfelt und dann mit deren Exfreund Flöte gespielt, dieser Bigamist. Der Drecksbengel sollte leiden, während Flore noch einmal so richtig Spaß an ihm hatte. Unter den Loa, den haitianischen Gottheiten, gab es Damballah, den Gott der Fruchtbarkeit und Sexualität. Normalerweise war er eine Präsenz der Harmonie, des Optimismus und der Lebensfreude. Aber es gab auch einen bösen Dämon im Voodoo, der helfen konnte, Damballahs

Fähigkeiten zu anderen Zwecken zu nutzen.

Flore zögerte, als sie nach fünfundzwanzig Minuten Fuß-
marsch an der kleinen Waldhütte angelangt war, die ihrer
Familie gehörte und als Schrein diente. Dann trat sie ein,
die im Wald gesammelten Opfergaben für Bakulu-Baka,
kurz Baka, in der Hand. Er war der Schlimmste der Loa.
Niemand aus ihrer Familie hatte jemals gewagt, ihn zu wecken – zumindest hatte es keiner erzählen können oder erzählen wollen. Aber Flore wollte es darauf ankommen lassen. Zuerst beschwor sie Damballah. Das für ihn benötigte
Wasserbassin hatte sie bereits platziert, als sie mit den
Formeln begann. Draußen begann es zu regnen, kurz darauf zu blitzen. Als ein besonders heller Blitz die Hütte in
sein gleißendes Licht tauchte, erschien eine einäugige
Schlange im Wasserbassin.
Noch während Damballah, der gutmütige Loa, in seinem
Gefäß vor sich hinschlängelte und allmählich in der Menschenwelt zu Bewusstsein gelangte, setzte Flore zur zweiten Beschwörung an. Mit jedem Satz, den sie aussprach,
wurde der Himmel dunkler und mit jedem Wort verstärk-
ten sich die Blitze. Ein Beben erfasste die Hütte, als der
Donner nahe genug heran gekrochen war. Eines der Fenster, das offensichtlich nicht ordentlich verschlossen worden war, wurde vom Wind aufgerissen und schlug hart gegen die Wand. Das Gewitter war nun mitten über der
Waldhütte. Flore fühlte sich, als würde der Himmel sie
beobachten und nur darauf warten, die Hütte endlich zer-
stören zu können. Kurz darauf schnellte ein Blitz durch
das offene Fenster. Das große Märchenbuch, das Flores
Oma ihr zum fünften Geburtstag geschenkt hatte, wurde
in kleine Stückchen gerissen und aus dem Fenster gewirbelt. Die Haitianerin versuchte sich wieder auf ihre Trance

zu konzentrieren und den Verlust des geliebten Buches ebenso auszublenden wie das warnende Zischen der Schlange hinter ihr.

Als Flore mit der Beschwörung endete, riss die Tür der Hütte aus ihren Angeln und ein Wesen mit Hörnern, Felljacke und schweren Stiefeln trat ein, klirrende Ketten hinter sich herziehend. Es war eine riesenhafte Kreatur, die den Raum bis zur Decke erfüllte und deren Augen einen direkten Blick in die Hölle gewährten. Bakulu-Baka, der schlimmste Loa des Voodooismus, war erschienen. Flore wich intuitiv zurück. Dann nahm sie all ihren Mut zusammen und zeigte dem Neuankömmling ihre wohlgeformten Brüste.

„Du kriegst von denen hier hundert Paar in den Wald geliefert, wenn du mir hilfst", sagte sie, während im Hintergrund die Schlange erschrocken zischte. Die Ketten des Loa klirrten, als sich ein knochenhafter Penis in Schuss-Stellung brachte und zwischen dem Fell hindurchblickte. „Was willst du", flüsterte er in Begleitung eines weiteren, unnatürlich hellen Blitzes.

Flore grinste. „Ich will eine funktionsfähige Sex-Voodoo-Puppe, deshalb habe ich auch den Schlangenopa da hinten gerufen." „Das war unnötig", flüsterte der Penis und schoss eine gewaltige Ladung rot leuchtenden Loa-Spermas auf die Schlange. Das Wasser im Bassin begann zu dampfen, und unter Höllenqualen schied Damballah aus der irdischen Welt dahin, verätzt in diabolischem Ejakulat. Flore riss schockiert die Augen auf, als sie dem Tod ihres liebsten Loas zusehen musste. Nur widerstrebend wandte sie sich langsam wieder dem sprechenden Penis zu. Dieser hatte inzwischen ein Holzkörbchen auf der Spitze hängen und wedelte damit vor Flores verängstigtem Gesicht. „Hier", sagte er, „das ist es, was du brauchst." Flore nahm den Korb von der feuchten, etwa faustgroßen Eichel und sah hinein. Drinnen lag eine kleine Puppe aus sonderbar weichem, warm pulsierendem Holz. Sie war männlich, vollkommen nackt und so ausgestattet, wie man es von einem erwachsenen Mann erwarten würde. Flore nickte zufrieden. Jimbo würde leiden. Im nächsten Moment schnellte eine schwere Kette an ihrem Kopf vorbei und zerstörte den Schrein. „Drei Tage. Du hast drei Tage", sagte Bakulu-Baka leise, aber gefährlich. „Wenn ich dann meine 100 Paar formschöne Titten nicht habe, werde ich aus deinen Gedärmen eine neue Kette für mich machen."

Mit diesen Worten verließ er die Hütte, nicht, ohne mit seinem gigantischen Schwengel ein Loch im Türrahmen zu hinterlassen. Flore sackte auf den Knien zusammen. Die Begegnung hatte ihr alle Energie geraubt. Einige Minuten lang saß sie einfach nur da. Dann begann sie zu lachen. Ihr Lachen wurde lauter und hysterischer, irgendwann ging es in begeistertes Stöhnen über, als sie begann, ihre Möpse zu bearbeiten. Die Vorstellung, Jimbo in Kürze telekinetisch zu Tode zu rammeln, machte sie irgendwie geil.

Jimbo Rayray Malone war ein mittelgroßer Mann mit halblangen, schwarzen Haaren und gut gebauten Brustmuskeln, die ihn in jedem Smoking zur Geltung brachten. Seiner war nur aufgemalt. Er arbeitete als Kellner in einem Restaurant, das sich auf die Zubereitung von menschlichen Büfetts spezialisiert hatte. Eine Gruppe älterer Damen betrat den piekfeinen Laden und blieb vor dem kleinen Pult stehen, an dem Jimbo sie begrüßte. „Hallo Ladies", sagte er mit einem charmanten Lächeln und führte die kleine Gruppe nach dem ersten Abtasten zu ihrem Tisch, einem schönen, lang gebauten Stück, das aus dem

Holz eines Apfelbaums gefertigt war. Die fünf Frauen im Alter zwischen 50 und 70 nahmen erwartungsvoll Platz, nachdem sie ihre Mäntel an den kunstvoll in die Wand eingelassenen Holzdödeln aufgehängt hatten. Nach dem Erfüllen der Getränkewünsche ging Jimbo in die Küche, um sich mit kandierten und schokolierten Obststücken belegen zu lassen. Auf dem Tisch stand eine Platte, die bereits mit Schokostreusseln, Puderzucker und einigen Bananen versehen war. Jimbo ließ sich zentral auf der Platte nieder – und zuckte zusammen. Für einen Moment hatte er das Gefühl sich auf eine Banane gesetzt zu haben. Keine gänzlich unangenehme Erfahrung, aber überraschend. Als er sich umdrehte, sah er aber nichts Entsprechendes; die Staudenfrüchte waren ordnungsgemäß an den Rändern der Silberplatte drapiert.

Flore zog den Finger aus dem Apfelpo der Voodopuppe und grinste. Als sie ihn hineingesteckt hatte, hatte die Puppe kurz gezuckt. Das war besser als 3D-Kino. Sie ging zu der kleinen Kommode hinüber, öffnete die obere Schublade und platzierte mehrere Dinge auf dem Tisch, auf den sie auch die Puppe gelegt hatte. Nacheinander fanden sich dort ein Milchschäumer, ein Cocktailschirm, ein Korkenzieher, eine Flachzange und ein Nussknacker, der Größe nach sortiert. Flore, die Sexhexe, summte fröhlich eine Melodie, während sie begann, der Puppe den Holzpimmel zu massieren. Es war irgendein Lied der Backstreet Boys: passende Musik, um einen gestandenen Mann telekinetisch zu Tode zu penetrieren.

„Gerda, hast du die Nüsse schon probiert?", fragte Ilse derweil im „fruit of the bloom" schmatzend. Hannelore und Marta hatten das lesbische Pärchen eingeladen, um noch einmal vor die Tür zu kommen und beobachteten nun, ebenfalls leicht schmatzend, weil alte Damen beim Essen nun mal schmatzten, den Dialog. Gerda war seit jeher kein Fan von Nüssen gewesen und verneinte. Sie hatte sich stattdessen einer saftigen Melone zugewandt. Hilde schließlich, die fünfte im Bunde, hatte sich voll und ganz auf Jimbo Rayray fokussiert und betrachtete ihn liebevoll mit auf dem Tisch aufgestütztem Ellenbogen. „Wenn ich die Zähne rausnehme, kann ich prima saugen", sagte sie und knabberte verführerisch mit ihren Dritten an einer Erdbeere.

Jimbo lächelte – und bemerkte stutzend, dass er während des Satzes der alten Vettel stückweise mehr Ananas auf seinem Bauch zur Seite schob. Normalerweise stand er auf junge Brünetten. Hängetitten und graue Haare waren nicht gerade sein Idealbild. Sein kleiner Insulaner schien das aber offenbar ganz anders zu sehen und bahnte sich ruckend und zuckend den Weg aus der Obstinsel heraus ins Freie. Er traf auf größtenteils interessierte Gesichter. Hilde nahm ihre Zähne heraus. Jimbo lächelte, er genoss die Aufmerksamkeit auf der Obstplatte. Als auf einmal sein rechtes Ei platzte, lächelte er nicht mehr. Die Bananen färbten sich rot, und während Hilde ein wenig zurückwich und die Zähne wieder einsetzte, beugte sich Ilse vor, die beim burlesken Zungenspiel mit Gerda ihre Brille verloren hatte. „Schatz, hat unser Jimbo gerade tatsächlich ein Ei verloren?" „Es scheint so", sagte Gerda und nahm sich noch ein Stück Melone. „Irgendwie machen mich Kastrationen immer hungrig." Ilse zuckte die Schultern und sicherte sich einen Klecks Sahne mit Blaubeeren von dem vor ihr auf der Platte zuckenden rechten Nippel, während Jimbos linkes Ei platzte, irgendetwas in seinem Darm aufspannte und er zuckend das Bewusstsein verlor. „Sagen

Sie", fragte Ilse schließlich, als einer der Kellner vorbeilief und deutete auf den leblosen Jimbo, der wie eine hautfarbene Portion Pommes Rot-Weiß auf dem Tablett zuckte, „ist das normal?" Gerda nahm sich noch eine Erdbeere. Immerhin hatte sie Geburtstag.

4 Vom Gleis 15¾ ins Unbekannte

Chris war spät dran. Er hatte seinen ersten Zug bereits verpasst, jetzt musste er sich ein wenig sputen, wenn er seinen Startplatz bei den internationalen Porno-Pingpong-Meisterschaften wahrnehmen wollte. Der Bahnhof von Rammelstadt war unübersichtlich angelegt, Chris hatte ein wenig Mühe sich zu orientieren. An einem Kiosk erstand der athletische 28-Jährige noch die neueste Ausgabe der Cunt weekly, dann eilte er los zu Gleis 16, das irgendwo hinter der 15 und vor der 17 liegen musste. Während er im Laufschritt den Bahnhof durchquerte, fielen ihm zwei seltsame junge Frauen ins Auge. Sie waren bis auf eine Schaffnermütze und eine um den Hals gehängte Trillerpfeife vollkommen nackt. Chris sah sich um. Offenbar war er der einzige, der von diesen kessen Sahnemuschis Notiz genommen hatte. Betont lässig ging er zu den ansprechend proportionierten Blondinen in ihrer spärlichen Uniform und räusperte sich.

„Verzeihen Sie", sagte er, „ich muss zu einer wichtigen Porno-Pingpong-Meisterschaft und finde mein Gleis nicht. Könnten Sie mir da zur Hand gehen?"

Sie drehten sich zu ihm um und er verlor sich in ihren blauschwarzen schimmernden Augen, die tiefer als jeder See zu sein schienen und ihn in ihren Bann zogen. Als sich die linke der beiden schließlich zu ihm hinüber beugte, wusste er nicht, wie viel Zeit vergangen war. Ein Zug fuhr vorbei und ließ ihr sonnenfarbenes Haar im Fahrtwind flattern, dennoch konnte er das Flüstern aus ihrem Mund deutlich in seinen Ohren hören. „Wir führen dich hin", hauchte sie, und er schmolz dahin, bis er nicht größer als eine Murmel war. Die Schaffnerin beugte sich zu ihm hinunter und nahm ihn auf ihre linke Hand. Dann hob sie ihn auf ihren Kopf und setzte die Schaffnermütze wieder auf. Um Chris war es dunkel, aber er konnte ihr Kokos-Orangen-Shampoo riechen und fühlte ihr weiches, matt glänzendes Haar an seinen plötzlich nackten Schenkeln entlang streichen und das machte ihn wuschig. Nachdem er die Dunkelheit seines Platzes genutzt hatte, um sich in die seidigen Haarspitzen zu wickeln, spürte er, wie sie einige gemeinsam Schritte gingen. Kurz darauf hörte er das Tasten von Händen an einer Mauer, ein nachgebendes Geräusch – und dann fühlte er sich, als würde die Welt um ihn herum einen Salto schlagen.

Als er wieder etwas sehen konnte, war er auf Normalgröße gewachsen, allerdings weiterhin nackt. Vielleicht hatte er beim Wachsen seine Kleidung gesprengt. Seine beiden Begleiterinnen und er standen an einem Gleis mit der Aufschrift 15¾. Um sie herum war ein dichtes Menschengewimmel; mit der Besonderheit, dass alle nackt waren. Chris sah sich um und konnte erkennen, dass es sich um einen höhlenartig angelegten Sackbahnhof handelte. Rings um das Gleis waren mehrere Verkaufsstände zu finden, an denen es anscheinend eine reiche Auswahl diverser Sex Toys, Massageöle, Magazine und Fachbücher sowie umfangreiche DVD-Kollektionen zu kaufen gab. Alles in allem war es ein ordentlicher Rummel, bei dem es offensichtlich viel zu entdecken gab. Doch bevor er sich die

Stände näher anschauen konnte, schob sich ein langer, fleischfarbener Zug in die Höhle vor und kam zischend und spuckend vor ihnen zum Stehen. Die Türen öffneten sich und ließen eine Gruppe Studentinnen und Studenten aussteigen, die sich erschöpft auf die freien Bänke fallen ließen. Die Fahrt musste anstrengend gewesen sein.

Ein roter Glatzkopf mit Schaffnermütze schaute aus dem vordersten Zugfenster und erblickte die beiden Blondinen. „Habt ihr die neuen Maschinisten?", rief er. Chris' Begleiterinnen nickten und führten ihn auf die geöffnete Tür zu, aus der die Studenten ausgestiegen waren. Erst jetzt fiel ihm auf, dass sein Gepäck nicht mehr da war, und dass neben ihm weitere junge Männer und Frauen auf die Türen zugeführt wurden.

Innerhalb des Zugs war alles sehr liebevoll gestaltet, surreal geräumig und mit rotem Teppich und Holztäfelungen versehen. Kurz hinter der Eingangstür saß ein Portier an seinem großzügigen Empfang und blickte von einer Ausgabe des Daily Dildo auf, als die Neuankömmlinge seinen Bereich betraten.

„Willkommen im Intergenitalexpress", sagte er und bedeutete den Reisenden mit einem Nicken, vor seinen Schreibtisch zu kommen. „Ich benötige dann nur noch ihre Zimmernummern." Chris schaute sich unsicher um. Er hatte keinen Platz reserviert und dementsprechend auch keine Nummer parat. Doch der Portier hatte mit dieser Reaktion offenbar gerechnet und wies lächelnd an ihm herunter. Chris folgte seinem Blick am eigenen Körper hinab. An seinem muskulösen Glied befand sich ein Zettel, wie er sonst an Flughäfen auf Gepäckstücken zu finden war. Der Portier lehnte sich über den Schreibtisch und strich das Papierstück ab. Darauf geschrieben stand sein Name, Chris

Adam, und die Nummer 9-69. „Ah, die Abenteuer-Suite, ein Glücksgriff, Mister Adam", lächelte er und reichte Chris einen Schlüssel von dem großen Ring, der an seine linke Brustwarze gepiercht war.

Chris nahm seinen Zimmerschlüssel und folgte der erfreulich übersichtlichen Beschilderung den Flur entlang. Der Portier hatte seinen Eingangsbereich im Abteil 8-96 gehabt, also musste Chris einige Zimmertüren passieren, bis er bei der ihm zugewiesenen Raumnummer angelangte. Schließlich tauchte vor ihm eine aus Ebenholz gefertigte, kunstvoll mit Blattgold spermierte Tür auf, die in geschwungenen Lettern das Zimmer 9-69 auswies. Neben der Tür sah Chris eine balkenförmige Digitalanzeige, identisch mit jenen neben den Zimmertüren, die seinen Weg hierher gesäumt hatten. Sie beinhalteten eine Anzahl von vertikal übereinanderliegenden Strichen in Rot, Gelb und Grün und erinnerten ihn an die Anzeigen eines alten Rennspiels, das er früher auf seiner Konsole gespielt hatte. Die Anzeige an seiner Zimmertür wies derartige Balken nicht auf, sie war komplett schwarz. Chris führte den Schlüssel ein und ließ ihn langsam kreisen, bis das Schloss ächzend seinen Widerstand aufgab und den Blick für seinen Bezwinger freigab. Hinter der Tür befand sich ein großer Dschungel. Verwundert, aber neugierig trat Chris ein. Hinter ihm fiel die Tür fast unbemerkt ins Schloss und verschwand mit einem flüsternden Plopp-Laut.

 5 Ein märchenhafter Abend

Die Dämmerung enthüllte den Blick vom Wanderparkplatz auf einen märchenhaften Waldrand, durch dessen Mitte ein zierlicher, gräserbesetzter Pfad verlief.
Louis richtete die Fernbedienung nach hinten über die Schulter und verriegelte mit einem Klick die Tür seiner Corvette. Ohne sich umzudrehen setzten sie zu dritt ihren Weg vom Asphalt in den Schoß des Waldes fort. Links am Arm hatte Louis seine Frau Mirabella, rechts am Arm Cindy, die sie an der Tankstelle kennen gelernt hatten und die aus dem Lager einen Präsentkorb für sie mitgenommen hatte. Mirabella war mit Notizbüchern und einer Lupe bewaffnet, um Glühwürmchen katalogisieren zu können, Louis hatte Bier und einen praktischen faltbaren Klappstuhl im Rucksack.
Der Pfad schlängelte sich tiefer ins Gehölz, und nur wenige Minuten später begann ein leichter Anstieg, den Nippelteller hinauf, den einzig nennenswerten Berg in der Peripherie Rammelstadts. „Puh, ist das anstrengend", keuchte Mirabella. „Bei diesem Anstieg wird man ja ganz schwitzig." Louis erschauderte wohlig, er hatte schon immer Bellas Körpersekrete als erotisierend empfunden und nun entsprechende Mühe, seinen General in der Schlafposition zu halten.
„Liebling, du weißt, dass ich bei solchen Kommentaren immer ganz dotterig werde", brummte er und holte ein Bier aus dem Rucksack. Sie grinste neckisch, streckte spitzbübisch ihren voluminösen Hintern in die Luft und ließ ihn stehen.
Als sie am Ende der Steigung angekommen waren, entfuhr Cindy ein Fluch. „Ach Gottchen. Ich hab den Sekt von der

Tankstelle in der Corvette gelassen." Louis gab ihr den Autoschlüssel. „Wir warten hier auf dich", sagte er, denn seine Gattin hatte entdeckt, dass bereits auf der mittleren Höhe des Nippeltellers einige Glühwürmchen über der Blumenwiese tanzten und sich mit Lupe und Notizblock ins hohe Gras geschlagen.

Louis klappte den Campingstuhl am Wegrand auf, genoss einen weiteren Schluck Bier und sah zu, wie der Anushügel seiner Frau wie ein Erdmännchen durch das Gras streifte, immer wieder schnuppernd innehielt und dabei aus dem Gras emporstrebte. Sie hatte einen Arsch wie ein Brauereipferd. Klatschte man zum Heiligabend fest genug, konnte man am zweiten Weihnachtstag noch die Vibrationen spüren. Während der General freudig salutierte, stieg Cindy den Nippelteller hinunter, den Präsentkorb schwingend, das rote Tankstellenkäppi tief ins heimtückisch grinsende Gesicht gezogen. Sie hatte gar keinen Sekt mitgebracht, wohl aber nun den Schlüssel einer Corvette und noch den ganzen Abend vor sich. Die Eintrittskarten zu den luxuriösen Clubs in Rammelstadt waren ihr so gut wie sicher.

Indessen hatte Mirabella Funkelstumpf eine interessante Entdeckung gemacht. Während sich ihr Mann auf ihre wundervoll schwabbeligen Rektalkuppeln konzentrierte und gelegentlich an seinem Bier nippte, beobachtete sie einen regelrechten Schwarm Glühwürmchen vor sich. Das an sich war schon spektakulär, denn eine so große Anzahl hatte sie selten auf einem Fleck gesehen; zum anderen war ihre Biolumineszenz außergewöhnlich stark, sie leuchteten fast so hell wie Taschenlampen. Das wirklich Spektakuläre war aber, dass sie in Formation flogen und mit ihren Körpern nun ein großes, etwas über 20, bald 30 cm großes Würmchen bildeten. „Schatz", zischte Bella ohne sich umzudrehen. Ihre in Aufregung abgefeuerte Spucke traf zwei der Leuchtkäfer und ließ sie eines qualvollen, schnapsverklebten Todes sterben.

Louis löste seinen Blick von Bellas Prachtarsch und sah sich orientierend um. Er sah zwei Mal hin, blickte dann wechselnd von seinem Bier zu Bella, wieder zu seinem Bier, wieder zu Bella. Vor seiner Frau schwebte ein hell leuchtender Mega-Dildo durch die Abendluft. „Da laus' mich doch der Affe", brummte er. Etwas lauter rief er: „Das ist toll Schatz. Hast du ihnen das beigebracht?" „Nein", antwortete Bella und beäugte den Schwarm, der nun eine Hand formte, auf Bella zuflog – und ihr den Schlüpfer abstreifte. Die einzelnen Tierchen fühlten sich kribbelig und warm an, gar nicht unangenehm oder chitinartig oder dergleichen, eher wie Flugplüsch. „Nana, ihr Schufte", sagte sie verlegen und stupste die Hand leicht weg. Daraufhin verwandelte der Schwarm sich in einen Smiley und kurz darauf wieder in den Dildo, den er eben schon gebildet hatte. Etwa 20 Würmchen bildeten ein Fragezeichen daneben. Bella zögerte und sah zu ihrem Mann. Der zuckte mit den Schultern. „Du kannst es ja mal probieren, wenn du magst. Ist ja für die Forschung", meinte er dann gönnerhaft.

Sie nickte, legte sich verführerisch auf den Rücken, rieb ein wenig an sich herum und sah auffordernd zum Flugpenis hinüber. „Wenn du soweit bist, Baby, ich bin es." Das ließ sich der Schwarm nicht zweimal sagen. Wild fluoreszierend bohrte sich das Flugobjekt Würmchen für Würmchen in die wartende Einflugschneise, kreiste wie ein mehrdimensionaler Bohrer umeinander, schwärmte auseinander und wieder zusammen. Bella stöhnte erfreut ob der gewagten Flugmanöver. Mit einem solch wilden Spielchen hatte sie nicht gerechnet. Es fühlte sich an wie ein Ritt auf der Hilti mit Spa-Aufsatz. Und die Würmchen beherrschten alle Tricks, konnten ihre Form anpassen, um mit der Spitze noch tiefer vorzudringen, Seitenpunkte zu stimulieren...

Louis hatte die Hose geöffnet und sah gemeinsam mit dem General interessiert dabei zu, wie sich seine Frau von Höhepunkt zu Höhepunkt ritt, rotierte, kreiste, manchmal regelrecht ein Stück in die Luft gehoben wurde und sogar selbst zu leuchten begann. Nach etwa 20 Minuten hatten sie alle drei genug und lagen erschöpft nebeneinander auf der Wiese. Links Louis, mittig seine Frau, rechts der Glühwürmchenpenis. Als Louis Zigaretten verteilte, ließ sich der Schwarm einen Mund wachsen und paffte genießerisch. So vergingen die Minuten, in denen sie die Sterne beobachteten, plauderten und die Welt um sich herum vergaßen. Erst als Mirabella zu frösteln begann, bemerkte Louis, dass Cindy gar nicht zurückgekommen war. „Hoffentlich ist der Kleinen nichts zugestoßen", sagte Mirabella besorgt, als Louis sie auf diesen Umstand hingewiesen hatte. Die beiden richteten sich auf, um den Rückweg anzutreten und Cindy zu suchen. Sie umarmten den Schwarm und tauschten Telefonnummern aus, dann verabschiedeten Louis und Mirabella Funkelstumpf ihre kleinen Leuchtfreunde in die Nacht.

6 Dschungelträume

Chris Adam fand sich in einem wilden
Gestrüpp aus Büschen, Blumen, Lianen
und hochgewachsenen Bäumen wieder,
die er nicht näher differenzieren konnte.
Allerdings hatte sein fachwissenschaftlicher Schwerpunkt
während des Magisterstudiums auch nicht auf den diversen botanischen Prototypentheorien, sondern auf der
schwedischen Grammatik gelegen. Die tropischen Tempe-
raturen ließen Chris froh darüber sein, dass er außer dem
Namensschild keine Kleidung mehr trug. Etwas zischte.
Der Athlet sah hoch und entdeckte eine einäugige Schlange, die sich um den Ast eines Baumes gewickelt hatte und
freudig durch die Luft züngelte. „Willkommen in der
Abenteuer-Suite", sagte der Busch links neben Chris mit
sanfter Stimme. Als er genauer hinsah, bemerkte er allerdings, dass nicht der Busch, sondern eine junge Frau gesprochen hatte, die dahinter verborgen gewesen war.
„Danke für den netten Empfang", sagte Chris. „Haben Sie
hier eine Dusche? Ich möchte nachher trainieren und mag
es, mich danach unter wohltemperiertem Wasser zu ent-
spannen."
Sie nickte. „100 Meter von hier ist ein Wasserfall, der sich
in der Sonne angenehm aufwärmt. Der sollte da ganz
Ihren Wünschen entsprechen."
„Prima", sagte Chris, rieb sich die Hände und sah sich um.
„Schön haben Sie es hier. Ist die Landschaft natürlich so
gewachsen oder wurde sie künstlich getrimmt?"
„Sie befinden sich im IGE", erwiderte sie augenzwinkernd.
„Ach ja", sagte er gedankenverloren, „hab ich fast verges-
sen."
Er streckte ihr die Hand entgegen. „Mein Name ist Chris

Adam." Sie nahm die Hand entgegen und schüttelte sie sanft. Ihre Finger waren angenehm weich und warm wie Hefeteig, den man nach dem ersten Gehen aus dem Ofen holt, um ihn mit dem Nudelholz in Form zu bringen. „Angenehm, mein Name ist Eva. Ich bin die Hostess der Abenteuer-Suite und hoffe, dass alles zu Ihrer Zufriedenheit gestaltet ist", sagte sie. „Es ist traumhaft schön", bekräftigte er. Sie lächelte elektrisierend.

Ihr Körper war wohlproportioniert; ein neckisches Zwillingspaar Brüste linste unter herabwallenden braunen Haaren hervor, die Augen und die Nase wirkten symmetrisch und im richtigen Winkel stehend. Die Lippen hatten eine volle Struktur und rieben bei jedem Schritt verspielt aneinander. Sie hatte viel zu winzige Zehen, insbesondere die beiden Dicken waren ein wenig klein geraten, aber das störte den positiven Gesamteindruck nicht. „Sagen Sie Eva, haben Sie Visionen für Ihre Zukunft?", fragte Chris. Sie nickte.

„Ich arbeite jetzt seit zwei Jahren in der Suite, es gefällt mir sehr gut. Eine anspruchsvolle, abwechslungsreiche Stelle, verstehen Sie." Er nickte. „Aber ich träume davon, einmal selbst die Lok in den Tunnel zu fahren. Die Ankunft ist jedes Mal ein ganz besonderes Erlebnis."

„Ja, das kann ich mir denken", sagte er.

„Haben Sie auch eine Vision, Herr Adam?", fragte sie.

„Nun, ich möchte meinen Porno-Pingpong-Weltmeistertitel verteidigen", sagte er nicht ohne Stolz in Brust und Lende.

„Porno-Pingpong?", wiederholte sie erstaunt. „Wie funktioniert denn das? Ist das olympisch?"

„Nein", lachte er, „das ist es nicht. Zumindest noch nicht. Nun, es ist wahrhaft ein wildes, raues Spiel, in dem es auf

Ausdauer, Kraft, Technik und Taktik ankommt. Man spielt mit einer Tischtennisplatte, einem Ball und zwei Barhockern auf Plattenhöhe. Die beiden Kontrahenten platzieren sich nackt auf den Barhockern. Dann wird jeder auf Signal über selbstgewählte Stimuli startbereit und versucht, den Ball mit seinem Sperma über den Plattenrand des Gegners zu schießen."

„Oh", sagte sie anerkennend. „Sie müssen dann sehr kräftig schießen und den richtigen Zeitpunkt finden, oder?"

Chris lächelte. „So leicht ist es nicht. Vielmehr die richtigen Zeitpunkte. Porno-Pingpong-Athleten sind professionell ausgebildete Performer. Die Schüsse, die wir an der Platte abfeuern, brauchen Jahre der Vorbereitung und Optimierung. Deshalb sollte man unsere Sportart auch nicht ohne weiteres zu Hause ausprobieren." Eva nickte einen Moment andächtig. Dann bohrt sie neugierig weiter: „Und wie stimulieren Sie ihr bestes Stück für den Wettkampf?"

Chris sah sich um. Die einäugige Schlange hatte sich auf dem Ast aufgerichtet und hörte ihnen neugierig zu, ansonsten war niemand zu sehen. „Ich habe einen für die mentale Visualisierung optimierten Ablauf konzipiert, der mich seit einigen Wettkämpfen erfolgreich stimuliert."

„Ui, das macht mich ja wirklich neugierig", sagte sie mit klitösem Augenglanz, „würden Sie ihn mir verraten?"

Chris dachte kurz nach. „Die Visualisierungen jedes Porno-Pingpong-Athleten sind sein geheimer Schatz, sein persönliches Erfolgsrezept; sie müssen deshalb vor Konkurrenten beschützt werden. Haben Sie in absehbarer Zeit vor, sich einen Penis wachsen zu lassen oder einen Freund, der Porno-Pingpong betreibt, betreiben möchte oder einen im Betrieb befindlichen Bekannten unterstützt?" Sie dachte einen Moment lang angestrengt nach. „Nein, ich

bin ohne eigenen Penis glücklich und kannte ja die Sportart bis eben gar nicht."

Chris nickte. „Stimmt. Dann sollte es kein Problem dar-
stellen. Aber bewahren Sie diese Vision als unser gemein-
sames Geheimnis, Eva."

„Ich werde schweigen wie ein Grab", flüsterte sie feierlich.

„Gut", sagte er. „Also...Ich visualisiere mir einen Raum, in
dem ich auf einem weißen Klappstuhl sitze. Einen Raum,
dessen Wände aus Armen bestehen. Vollkommen unter-
schiedliche. Große, kleine, farbige – ein bunter Arm-Quer-
schnitt der westlichen Gesellschaft, in die Vertikale qua-
driert. Und ich habe diesen Duft, „just arms", den ich mir
neckisch auftrage, ein wenig auf den Hals, hinter die Ohren, in den Genitalbereich. Die Arme haben ja keine Augen und Ohren, aber Nasenlöcher auf den Fingerknöcheln,
und sie stehen auf „just arms". Das Geschnupper beginnt,
die ersten recken und strecken sich, greifen tastend umher." „Und dann?", fragte Eva atemlos.

„Dann habe ich mit meinem Team das Element eines alten
Tomb-Raider-Spiels adaptiert, alteriert und eingebaut. Die
Wände kommen näher, die Arme pulsieren und wedeln
warm durch die Gegend. Ich mache es mir auf dem weichen Boden bequem, dann erreichen mich die ersten Finger, immer mehr und mehr, eine ganze Armada. Immer
mehr Hände berühren meinen Körper, übertragen ihre
Wärme auf meine Haut, schnüffeln, tasten, streichen, ver-
langen..."

Während er sich in Ekstase redete, hatte Chris die Augen
geschlossen. Sein muskulöses Glied schob sich der
Dschungelsonne entgegen, bis zum Bersten mit isotoni-
schem Sportlersaft gefüllt. Dann löste sich ein mächtiger
Schuss und traf die Schlange auf dem Baum, die kopfüber
rücklings ins Gestrüpp stürzte.

„Ui", sagte Eva. „Das hat mich jetzt aber auch ganz schön fickerig-sprenkelig gemacht. Eine tolle Vision, die sie da haben." Er lächelte, während sich sein Schläger langsam wieder in die Ausgangsposition zurück wiegte. „Ja, es ist ein toller Sport. Die mentale Komponente ist ein wichtiger Erfolgsfaktor, entsprechend lange haben wir die Visionen optimiert. Das ist wie eine Kombination aus Schach und Boxen, nur mit Sperma."

Sie zögerte, dann fragte sie. „Und das von gerade können Sie mehrmals hintereinander?"

7 Rotzkäppchen und der Mösenwolf

Als Cindy den Hügel hinunter geschritten war, blieb sie kurz an der zweiten der dreifach gegabelten Kreuzungen stehen. Vorhin waren sie hier eine Links-Rechts-Kombination gelaufen. Oder war es links-geradeaus gewesen? Es hätte auch Rechts-Mitte gewesen sein können. Cindy fluchte leise, dann nahm sie den Weg zu ihrer Rechten – ein Fehler, den sie schon wenig später mit ihrem Leben bezahlen sollte.

Der Weg führte leicht holperig abwärts. Das war zunächst ein gutes Zeichen, denn abwärts musste sie schließlich, wenn sie zum Parkplatz gelangen wollte. Nun musste man wissen, dass der Nippelteller ein Berg mit zwei Erhebungen war, die sich anmutig aneinander geschmiegt in der Landschaft präsentierten. Auf dem Hinweg hatten sie auf dem Wanderparkplatz geparkt, der sich im Südosten des östlichen Nippeltellerplateaus befand. Cindy ging derweil nach Westen, durch den Wald, der sie in das kleine Tal zwischen den Erhebungen führte. Da sie nicht die Intelligenteste war und ohnehin nie in ihrem Leben auf den Weg geachtet hatte, bemerkte sie diesen Umstand erst, nachdem sie zwei weitere Wegkreuzungen passiert hatte und sich die Strecke deutlich mehr in die Länge zog, als sie es in Erinnerung hatte.

„Scheiße", fluchte sie, wieder betont leise, denn Damen sollten nicht laut fluchen, selbst wenn sie gelegentlich Autos stahlen; das hatte ihr ihre Mutter beigebracht. Cindy schniefte kurz auf, als sie das Bild ihrer wunderbaren Mutter ins Gedächtnis rief. Die Frau hatte Klasse gehabt, bis zuletzt alles geschluckt, was das Leben ihr aufgetischt hatte. Der von ihr angestrebte Guinessrekord mit dem Elefanten hätte auch beinahe funktioniert, aber dann war der Vierbeiner aus der Balance geraten und auf ihr Gesicht gefallen. Unter den Schreien der Zuschauer hatte man die Straßenkehrer rufen müssen...Cindy schüttelte sich. Kein schönes Bild, sie hatte den Zeitungsartikel von damals mittlerweile weggeworfen.

Während sie weiter stiefelte, veränderte sich ihre Umgebung, ohne dass sie es anfangs so recht wahrnahm. Die Baumreihen wurden dichter, es gab knorrige, ältere Exemplare. Die Wege hatten sich verschmälert, wirkten nicht mehr so ausgetreten und deutlich verwilderter, und an den Wegesrändern bot sich im Schein der letzten Sonnenstrahlen eine geradezu märchenhafte Blumenvielfalt. Da standen Dalmatinen neben Orchidödeln, Lecklilien und Duftwurz, Genitalrosen und kleine, bunte Kletterpoperzen, die ihre Köpfe im Wind wiegten. Hätte Cindy in der Schule aufgepasst, hätte sie gewusst, dass keine dieser Blumenarten wirklich existierte, sie alle hatten aber ihre Daseinsberechtigung in den Rammelstädter Märchengeschichten. So nahm sie nur bunte Blumen wahr, Bienen summten und irgendwo plätscherte ein Bach.

Cindy blieb stehen und kratzte sich am Kopf. Hier waren sie definitiv nicht hergekommen. Während sie durch ihr Haupthaar fuhr, bemerkte sie, dass auch an einer anderen Stelle durchaus Juckbedarf bestand. Ihre Finger glitten das bauchnabelfreie Top hinab und in die kurzen Shorts hinein, die sie bei einem Woolworth-Ausverkauf in der Karibik gefunden hatte. Kurz darauf war sie im Tanga angekommen und kratzte was das Zeug hielt. Es musste ihr Stressekzem sein, das sich angesichts der drohenden Verirrung zu Wort meldete. Sie hatte neulich mit ihrer Friseurin Lora darüber gesprochen, und die hatte ihr eine Lavendelcreme mitgegeben, die nun natürlich noch an der Tankstelle lag. Lavendel, Lavendel...
Cindy sah sich kratzend um. Da sie keine genaue Ahnung hatte, wie Lavendel aussah, wohl aber, wie er roch, schloss sie die Augen und folgte ihrer Nase. Das führte zum einen dazu, dass sie die auf sie gerichteten Augenpaare nicht bemerkte, zum anderen, dass sie nach wenigen Schritten durch die Blumen über eine Baumwurzel stolperte und wild rudernd vornüber fiel. Sie versuchte noch, sich mit den Vorderzähnen an einem Ast festzuhalten, dann stürzte sie einen steilen Abhang und schließlich einen kleinen Felsvorsprung hinab, tiefer in den dunklen Wald hinein. *Glück im Unglück* dachte Cindy noch; denn bevor sie aufprallte und kurzzeitig das Bewusstsein verlor, nahm sie einen intensiven Lavendelduft wahr.

Als sie wieder zu sich kam, war sie nicht mehr allein. Ihr Gegenüber, mit einer altmodischen Grubenlampe leuchtend, stand im Halbdunkel. Es war ein großer, breitschultriger Mann. Wildes Haar warf sich über ein durchaus gut aussehendes Gesicht. Das Schildchen seines lässig übergestreiften Baumarkt-Mitarbeiterpolos wies ihn als „Wolfgang Möserich. Abteilung Elektro-Kleingeräte" aus, dazu trug er karierte Shorts, die den Blick auf muskulöse, wenn auch stark behaarte Beine freigaben. Seine Brust unter den geöffneten Poloknöpfen war pelzig und feucht, was ihm einen animalischen Moschusduft verlieh. Dazu ein Bauch wie ein ganzer Kegelclub...Kurz und gut: Er war ihr Traummann. Zum Glück war Cindys albernes Arbeitskäppi beim Sturz davon gesegelt, so dass sie zumindest ihr blondes Haar als hübsches Erkennungsmerkmal präsentieren konnte. Auf ihren nett anzusehenden Brüsten lag sie nämlich noch, und ganz offenbar hatte sie sich mitten in eine kleine Matschpfütze geworfen – obwohl ringsum genug Lavendel für einen angenehmeren Fall geblüht hatte. Aber auch Matsch konnte mit der richtigen Verteilung sexy aussehen, sie musste nur ein wenig Glück haben. Die Hoffnung stirbt zuletzt.

„Alles in Ordnung mit Ihnen?", fragte der Baumarkt-Mitarbeiter und beugte seine Grubenlampe vor, um einen besseren Blick auf Cindy Mingerle zu bekommen. Ob ihr Name sich von Cynthia (die vom Berg kommende) oder Cinderella (Cinderella-Komplex: Angst von Frauen vor der Unabhängigkeit) ableitete, war in dem Moment, als ihre Augen sich trafen, egal. Fest stand, sie war gerade von einem Berg gekommen (den letzten Teil nicht ganz freiwillig) und wollte für diesen Mann gerne auf sämtliche Unabhängigkeit scheißen. Sie sah sich bereits die Bluse aufreißen, um ihm den kompletten Balkon zum Anlehnen zu präsentieren. Sie spürte sein seidiges Haupthaar und das stahlwöllerne Brustgeschmeide, das sich an sie schmiegte und sie schmelzen ließ, bis sie nur ein Stück Butter war in seiner Hand, 35 Prozent Fett, lagerbar im Kühlregal, haltbar bis er sie nicht mehr halten wollte, genuss- und streichfertig, wann immer er Lust darauf hatte. Sie sah sich und ihn im Kegelclub, dann beim Zelten am Strand. Sand rieb ihr zwischen den Beinen und das Jucken holte sie ins Hier und Jetzt zurück.

„Vielleicht sollten wir uns erst mal vorstellen", murmelte sie und sabberte leicht. Er lächelte. „Meinen Namen haben Sie schon gelesen und Sie nenne ich ab nun Cynthia Lavendel, denn Sie sind von einem Berg gekommen und ich habe Sie inmitten dieses Lavendelfeldes gefunden. Und nun, Cynthia Lavendel, lassen Sie uns Liebe machen."
„Ja", hauchte sie und erhob sich auf die Knie. Der Matschfleck war perfekt und sie konnte sehen, wie Wolfgang Möserichs Dödel hart und lüstern beinahe die Khakishorts zerstieß, so rattig und lumpig war er. Ein dreckiger, haariger Grobian, der sie durchholzen würde, bis sie das Alphabet jodelte. „Komm, lass mich jodeln", hauchte sie in seine spitzen Ohren und das ließ er sich nicht zweimal sagen. Sein dicker, steinharter Bauch sprengte das Polo, das Fell quoll regelrecht hervor und umnebelte sie mit feinster Moschusblüte. Darunter holte er seinen Schwanz hervor, der die Form eines wunderschön gemalten Schreibschrift-L hatte, mit leichtem Kringel an der Spitze. So einen schönen Schwanz hatte Cindy noch nie gesehen. Nur allzu gerne ließ sie ihn anklopfen und ins Pfefferkuchenhaus eindringen, Zuckerguss aus den Wänden bröckeln und ihr Innerstes mit seinem Kringel erbeben. Er ritt sie durch das Lavendelfeld, durch die Matschpfütze und halb auf den Wegesrand, seine Wampenstöße trieben sie vor ihm her, sie musste schon Schleifspuren auf dem Rücken haben, so wild war ihr Liebesspiel. Und sie jodelte das Alphabet, vorwärts, rückwärts, dann die ergreifende Schweizer Natio-

nalhymne und den munteren Schuhplattler.

Als er zum ersten Mal soweit war, zog er sein Schreibschrift-L aus ihr hinaus und malte die Konturen der Tank-
stellenkappe nach, die sich in ihrem Haar abgebildet hatten. Doch er war längst noch nicht ermattet und die wilde
Rutschpartie setzte sich fort. Im flackernden Schein der
Grubenlampe warfen sie tolldreiste Schatten an die kleine
Felswand, die das Märchen eines perfekten Abendficks erzählten. Wenn die Lampe flackerte, wurden die Schatten
allerdings zu grotesken, monsterartigen Gestalten, die sich
wanden und so gar nichts Perfektes mehr an sich hatten.
Aber das sah Cindy Mingerle zum Glück nicht. Als sie
mehrmals koitierend unter ihm das Jodeln einstellte und
augenverdrehend Grunzlaute von sich gab, grinste Wolf
zufrieden. Phase eins war abgeschlossen. Zeit, in Phase
zwei ein wenig Ballast abzulassen. Er fixierte sie unter sich,
den weiter harten Dödel in ihr Haus gerammt, Arme und
Beine fest in seinem Griff.

Als sich ihre Augen nun trafen, gefiel ihr sein Blick überhaupt nicht mehr. Es war, als habe der Märchenfick kein
Happy End, sondern eine böse Wendung geschrieben, obwohl Märchen doch eigentlich immer ein Happy End hatten. Und sie HATTE ihres ja bereits gehabt. Mehrere En-
den. Doch Wolfs Blick war härter und deutlich kälter als
das, was in ihr steckte und ihr Ekzem heißer brennen ließ
als ein mittelalterlicher Scheiterhaufen. Er begann zu grinsen, diabolisch, hinterhältig, ein albtraumhaftes Grinsen,
das sie kläglich aufschluchzen ließ. Es würde ein weiteres
Ende nehmen – und das würde ihr nicht gefallen. Und
während sie zitternd die Augen schloss, begann der böse
Wolf, einen der sieben Wackersteine, den die Geißlein ihm
einst in den Bauch genäht hatten, mittels einer alten Yogatechnik in seinen Samenleiter zu pressen. Er wanderte

hinab und ließ sein Glied im letzten Schein der Lampe unheimlich aufschwellen. Es sah aus wie bei einer Schlange, die ein Kaninchen frisst. Nur dass das Kaninchen nun den umgekehrten Weg eingeschlagen hatte und es sich nicht um ein Kaninchen, sondern um einen 20 Kilo schweren Stein handelte, der beim Einschlag Cindys Klitoris sprengte und ihre Eingeweide zerdrückte. Sie zuckte, während der Wolf seine Ladung beendete, und er musste lachend an den Spruch aus der Südkurve denken, den er nach seiner Ankunft in dieser Welt im Stadion nördlich des Waldes gehört hatte.

Er hatte sehen wollen, ob die Menschen nach wie vor so dumm waren wie beim letzten Mal, als er ihre Welt betreten hatte. Dabei war er in ein Fußballstadion geraten, zu dem tragischerweise auch Wolfgang Möserich unterwegs gewesen war. Mit der neuen Kleidung bestückt war der Wolf den Menschenmassen gefolgt und hatte zum ersten Mal Fußball gesehen. Ein törichter Sport, aber er lockte ordentlich Fleisch an einen Platz und das war natürlich nicht schlecht. Sein dicker Bauch fiel unter den Bierbäuchen der Fußballfans nicht auf und nach einigen Bieren hatte er sich auf dem Heimweg zwei Blondinen gegönnt. Wie ging dieser Spruch, den ein Mann gerufen hatte, als einer der Spieler verletzt am Boden lag? Ach ja... *Tritt drauf, die Sau zuckt noch!* Mit Freuden ging der böse Wolf dieser Aufforderung nach, bis Cindy irgendwann nicht mehr zuckte. Schwer atmend, aber nach wie vor geil drehte er ab, steckte eine neue Kerze in seiner Grubenlampe an und betrat den Waldweg in Richtung Stadt, die er im Südwesten gewittert hatte. Er hatte jetzt wahrhaft Bock auf eine Oma.

8 Horst wechselt die Kranken-
kasse

Er zog ihn raus und spuckte Trude die kläglichen Überreste seiner Männlichkeit auf den Tisch. Horst war seit Jahren Raucher, der mittlerweile stündliche Zigarillo hatte seine Stimmbänder zerstört und seinen Rotz dick und gelb wie Zitronenmarmelade werden lassen. Trude war die Wirtin im hängenden Sack. Sie kannte ihren Stammgast und hatte bereits einen der Spucknäpfe auf den versifften Ecktisch gestellt.

Die Spucke ging rechts am Spucknapf vorbei und klatschte ihr zwischen die Brüste, die sie während des Kartenspiels auf dem Tisch abgelegt hatte. „Sieht nicht so gesund aus", brummte sie und wischte sich die Reste vom Korsett. Das, was Horst an Männlichkeit eingebüßt hatte, hatte sie sich über die Jahre mit Whisky, Scotch und Ejakulat angeschluckt. Horst besah nachdenklich den brennenden Rest des Zigarillos und nickte.

„Da hast du wohl Recht. Aber was kriege ich schon als Kassenpatient?", sagte er. Sie inhalierte den Restsatz ihres Whiskyglases und nickte links an ihm vorbei. „Die Straße runter hat eine neue Versicherung aufgemacht. Schau da mal rein, die haben viele alternative Heilmethoden im Programm."

„So Tee-Matsch und Fußwickel oder wie? Klingt ja nicht gerade überzeugend", grummelte Horst. Aber Trude nickte entschieden und zog den Spucknapf ein. „Du gehst jetzt mal da rüber", sagte sie liebevoll streng wie zu einem kleinen Kind.

Er seufzte, richtete seinen Sack und zog die Hose an. Der Strippoker-Frieden war vorbei. Wenn er heute noch ein

Bier und einen Blowjob bekommen wollte, musste er jetzt gehen, sonst verkaufte Trude ihm nichts mehr. So gut kannte er seine Wirtin.

Die Fellatio GmbH lag in der Nachmittagssonne am Ende der Stockgasse. Das Gebäude war angelegt wie eine alternde Straßenhure: bröckelnder, flink überstrichener Putz, Drehtür um möglichst viele möglichst schnell rein- und wieder rauszubekommen, Hintertür wollte sowieso keiner mehr sehen. Horst vollendete seinen Weg-Zigarillo mit einem eleganten Zug, hustete liebevoll die kleinen, gelben Bröckchen in den Spucknapf neben dem Eingang und schritt durch die Drehtür.

Als er mit dem Schwung der verbrauchten Jugend im Inneren eintraf, hob er überrascht die Brauen. Das alternde Ding hatte offenbar Überraschungen auf Lager, im Inneren sah es nämlich gepflegt und ansprechend aus. Hinter dem Empfangstresen saß eine barbusige Blondine und leckte Briefmarken.

„Guten Tag", grüßte Horst blechern, „ich habe gehört, sie haben hier gerade erst aufgemacht, da wollte ich mal reinschauen." Sie sah auf, ohne die Zunge von den gezackten Papierstückchen zu nehmen. Nach einer Zehnerladung Marken, die Horsts Nippel unter seinem Hawaii-Hemd in Suchscheinwerfer verwandelten, winkte sie ihn zu sich heran.

„Sie wollen zu uns wechseln?", fragte sie und entnahm einem stilvoll vulvarisierten Ablagefach das Formular 6-69.

„Eigentlich wollte ich mich erst einmal beraten lassen", sagte Horst. „Mit welchen Methoden arbeiten Sie denn hier, insbesondere in der Sekundärprävention?"

Ihre Brüste erinnerten ihn an einen alten Chevy, nicht mehr Top in Schuss, aber die nötige nostalgische Klasse und immer noch gut zu fahren. Sie ließ die rechte Brust erklärend auf ein Plakat an der Wand der Eingangstür schwingen.

Der Slogan der Kampagne lautete „Fick dich fit": Abgebildet war eine Gruppe junger Studenten. Zumindest vermutetet Horst diese im Körpergewirr. „Sex als Kassenleistung?" Sie nickte. Er trat entschlossen an den Tresen vor. „Wo muss ich unterschreiben?" Die Brüste wiesen auf das Formular. „Hier und hier, außerdem brauchen wir Ihren Penisabdruck hier, hier und hier." Horst füllte das Formular mit Stift und Stempelkissen aus. Während er mit seinem Filzer die notwendigen Initialen setzte, besah sie ihn neugierig. „Hui, das ist aber ein schöner Apparat, den Sie da mit sich herumführen. Der sieht ja wirklich angenehm weich aus und duftet irgendwie blumig", sagte sie mit verträumten Augen.

„Ich wasche und warte ihn regelmäßig", antwortete er nicht ohne Stolz. „Wollen Sie mal anfühlen?" Sie beugte sich zu ihm hinüber und begann mit ihren Brüsten seinen Penis zu massieren. Erst jetzt fiel ihm auf, dass die Frau so viel mit ihren Lustwülsten arbeitete, weil ihr beide Arme fehlten. Den Fotos auf dem Schreibtisch entnahm er, dass sie offenbar bei der Marine gedient hatte. „Oh, ja", sagte sie, „der fühlt sich wirklich gut an, wie er sich da an meine Balustrade schmiegt. Ein feiner Kerl, und wie freundlich er das Köpfchen hebt. Gut, gut, ich gehe davon aus, dass Ihnen bei diesem prächtigen Zustand sämtliche Kassenleistungen zugesprochen werden, aber trotzdem müssen wir vorher den Checkup bei Dr. Lavoir absolvieren."

Während sie sich zurücklehnte, verwandelte sich die Wand hinter dem Tresen in den Eingang zum Wartezimmer einer Arztpraxis. „Ich bringe sie noch kurz zum Checkup", sagte die sexy Sprechstundenhilfe. Horst nickte und nahm die ihm entgegen gestreckte Milchkuppel. Hand in Brust gingen sie durch die Tür in das Wartezimmer. Er war nicht der einzige Gast, drei andere Männer, etwa zwischen 18 und 40, hatten sich auf den gelartigen, körperwarmen Sitzkissen niedergelassen. Von Zeit zu Zeit steckte eine gutaussehende, braunhaarige Ärztin den Kopf aus der Tür, um mit warmen Augen und Stethoskop um den Hals den Nächsten zu ihrem Checkup herein zu rufen. Es dauerte nicht lange, dann war Horst alleine im Wartezimmer.

Die anderen hatten das Ärztezimmer offenbar durch eine weitere Tür wieder verlassen, denn als Dr. Lavoir ihn schließlich hereinbat, waren sie allein. Das Arztzimmer war stilvoll eingerichtet, mit einigen Bildern zeitgenössischer Aquarellkunst an der Wand, dazu ein elektrisches Klavier in der Ecke, auf dem man einige Saloon-Titel auswählen konnte. Auch hier standen diese bequemen, gelartigen Sitzsäcke. Auf das Handsignal der Ärztin ließ Horst sich gern nackt darauf nieder, damit sie ihn in Ruhe betrachten konnte. Dr. Lavoir schien zu gefallen, was sie sah: Sie hatte einen erfreuten Gesichtsausdruck, während sie sich Notizen machte, prüfend das Stethoskop an seine Brust und an seine Eichel führte und die Ladekapazität der Hoden nachmaß. Gemeinsam mit den Daten, die er im Formular 6-69 bereits ausgefüllt hatte, schien sie so nach einigen Minuten alle nötigen Informationen gesammelt zu haben.

„Und, wie sieht es aus?", fragte Horst gespannt. „Ausgezeichnet", antwortete sie. „Ich muss sagen, dass nicht jeder seinen Körper so gut in Schuss hält wie Sie das getan haben. Da funktioniert ja alles noch bestens. Und das mit der Stimme und dem Schleim kriegen wir hier wieder hin, da gibt es Mittel und Wege, die uns zur Verfügung stehen. Da wir mit den meisten gängigen ärztlichen Methoden nicht konform gehen, haben wir alles Nötige zur Behandlung im eigenen Hause zusammengezogen. Entschuldigen Sie das Durcheinander am Rande", sagte sie mit Blick auf einige Kartons, die unter einer Liege in der Ecke gestapelt waren und erst auf den zweiten Blick als Umzugsmaterial auffielen. Horst lächelte und hob abwehrend die Hände. „Kein Problem", sagte er. „Das alles macht bereits einen sehr guten Eindruck, ich bin wirklich positiv überrascht, wie schön Sie es hier haben."

„Ja, die äußere Hülle ist nicht alles", sagte sie lächelnd mit einer Handbewegung, die das Gebäudeäußere beschrieb, ging dann zu einer der Umzugskisten und holte einen kleinen, obskuren Apparat heraus. Er sah aus wie ein Staubsauger in der Form einer kleinen, männlichen Elfe.

„Ihr Problem mit dem Schleim", sagte Dr. Lavoir, während sie einige der Elektroden auf seiner Rückseite überprüfte und dann verschiedene Daten in ihren PC eintippte, „ist im Körperzentrum lokalisiert. Entsprechend hilft es nur wenig, den oberen Schleim abzuhusten, wir müssen der Ursache auf den Grund gehen und diese Ursache aus ihrem Körper ziehen. Wenn Sie wollen, beginnen wir heute mit der Intervention."

Er nickte zögerlich und schluckte zwei von ihr überreichte Pillen, eine rote und eine schwarze. Dann legte er sich auf ihr Geheiß auf die ebenfalls gelartige, körperwarme Liege, die sich perfekt seinen Konturen anpasste. Als Dr. Lavoir schließlich die EDV-Eingabe abgeschlossen hatte und die Entertaste betätigte, kletterte die kleine Elfe summend am Fuß der Liege nach oben und wanderte zwischen Horsts Beine. Dort angekommen öffnete sie ihren Mund, der

ebenfalls aus dem warmen, gelartigen Material zu bestehen schien. Der Mund verformte sich, wurde ein wenig
länger und runder, dann kletterte die Elfe noch höher,
stülpte ihre Lippen über Horsts Penis und begann seine
Hoden zu melken.

„Hoppla", sagte er. Damit hatte er nicht gerechnet, auch,
wenn diese Intervention bisher eine durchaus angenehme
Sache war. Dr. Lavoir beobachtete ihn und lächelte verständnisvoll. „Zu Beginn ist das ein wenig unorthodox,
aber man gewöhnt sich daran, zumal das verwendete Bo-
dyhybrid-Gel ein sehr angenehmes Körpergefühl mit sich
bringt. Der Schluckmaster 2000 ist unser neuestes Medi-
zinprodukt, bisher haben wir stets ausgezeichnete Resul-
tate erzielen können. Nach dem Entleeren Ihres Hoden-
sacks nutzt er die durch die Tabletten erfolgte medika-
mentöse Schleimumleitung in Ihren Samenleiter. Er saugt
sie quasi erst einmal schleimfrei. Im Anschluss sorgen wir
dafür, dass Ihr Schleim zukünftig immer in den Hodensä-
cken gesammelt wird. Sie müssen deshalb demnächst einige Male mehr onanieren, als sie das wahrscheinlich bisher
gewöhnt waren. Aber in Ihrem aktuellen kardiovaskulären
Zustand trägt das eher zum Erhalt der Fitness bei, als Risi-
ken mit sich zu bringen. Eine kleine Zuzahlung für die
häusliche Anwendung ist notwendig, den Rest übernimmt
die Kasse." Das Nicken gelang Horst nur halb, denn der
Schluckmaster 2000 war ein medizinisches Gerät, das
wahrhaft großartige Wirkungen zeigte. Nach zwei Orgasmen spürte er, wie sich sein Samenleiter wieder füllte und
der Strom durch seinen alternden Prügel nun nicht mehr
stoßweise, sondern kontinuierlich aufrechterhalten blieb.
Der Widerstand des Materials war zwar ein wenig größer,
ansonsten musste sich so ein Dauerorgasmus anfühlen.
Horst war im siebten Himmel und dort blieb er bis zum

Ende der 20minütigen Anwendung.

Als er danach, ein wenig wacklig auf den Beinen, seine Stimmbänder testete, stellte er erfreut fest, dass er deutlich besser sprechen konnte als zuvor und annähernd schleimfrei war. Strahlend bedankte er sich bei Dr. Lavoir und gab ihr die Hand. Sie ergriff und schüttelte sie, dann wies sie auf eine Tür am Ende des Raums. „Da wir erst neu geöffnet haben, haben wir ein paar Häppchen und eine Präsentation einiger unserer Kassenleistungen im Nebenraum bereit gemacht. Sie können sich gerne anschließen", sagte sie. Dieser Aufforderung kam Horst nur allzu gerne nach. Neugierig betrat er an der Seite von Dr. Lavoir den Raum hinter der Arztpraxis. Die kleine Elfe folgte ihnen.

9 Epilog eines literarischen Abends

John lief die leere Straße hinab, auf der Suche nach seiner Lesebrille. Sie musste auf irgendeinem Abschnitt zwischen dem Literaturcafé und dem Kitzlerkeller aus seiner Tasche gefallen sein. Es war in den frühen Abendstunden, für Juni war es ziemlich frisch und der junge Autor zog fröstelnd den Kragen seines Jacketts nach oben. Als er beinahe beim Café Amelie angekommen war, saß sie dort gedankenverloren auf den Treppenstufen. Sie war hübsch, soweit John das ohne seine Brille korrekt beurteilen konnte. „Sagen Sie, meine Liebe, haben Sie zufällig meine Brille gesehen?", sprach er sie an.
Sie schaute schüchtern lächelnd zu ihm hinauf. „Ja. Ich habe Sie im Café lesen hören und als ich hinterher gegan-

gen bin, lag die Brille auf der Treppenstufe. Ich hatte nur nicht mehr den Mut, Sie anzusprechen. Hier, bitteschön." Sie hielt ihm das Glasgestell entgegen. „Das ist aber nett von Ihnen", sagte er freudig. Er nahm die Brille aus ihrer zarten Hand entgegen und zog sie auf die Nasenspitze. Seine Einschätzung war korrekt gewesen. Sie war nicht nur hübsch, sie war nymphenhaft bezaubernd. Langes blondes Haar umspielte eine zarte, mit Sommersprossen verzierte Haut, der die Jugend erhalten geblieben war. Zwei tiefbraune Augen zogen ihn in ihren Bann. „Kann ich mich in irgendeiner Form dafür erkenntlich zeigen?"
Sie zögerte kurz, dann lächelte sie. „Sie könnten mir ein Autogramm geben, Mr. Daggett. Ich habe Ihre Lesung wirklich sehr genossen."
Er lächelte zurück. „Das freut mich aber. Sehr gerne. Wo soll ich denn unterschreiben?" Sie streifte ihre Bluse hinunter. „Auf meiner Brust wäre ein toller Platz", sagte sie und holte ein Glas aus der Jackentasche. „Mit dieser Mayonnaise, bitte."

Er spürte, wie die Lust erst seine Schenkel liebkoste und sich dann langsam in die vorgespannte Schreibfeder empor arbeitete. Mit den feinen Strichen eines Literaten begann er, mit der Mayonnaise auf ihrem fleischernen Notizblock Worte entstehen zu lassen. Sie sah ihm zu und lächelte. Ihre Brustwarzen waren hart wie Bleistiftspitzen. Als er seinen Vornamen geschrieben hatte, machte er mit seinem Nachnamen weiter. Sie schloss genießerisch die Augen, während er Anschrift und Handynummer ergänzte, dann die Fläche freimachte und mit einem Kapitel für seinen neuen Roman begann. Nach einer Weile breitete er seine Arbeit beidseitig aus, um die Schreibfläche zu erweitern. Als auch dieser Platz nicht mehr auszureichen drohte, zog er ihr die Bluse aus. Sie schnurrte wie eine Perserkatze, während er Orks und Trolle einen Zwei-Hügel-Krieg austragen ließ, aus dem sich eine zwischen die Fronten geratene Abenteurergruppe ins Tal hinab flüchtete. „Oh ja, mehr Mayonnaise", stöhnte sie. „Mayonnaisiere meine Möpse. Fett' mir das Freudental. Uaaaaaahhhh, haaaaaa, jaaa – würz mich, Baby!" Als Orhud der Troll zum entscheidenden Schlag gegen den Ork-Anführer ansetzte und die Helden sich in eine verborgene Höhle gerettet hatten, war die Mayonnaise alle – und sie lag bebend auf dem Pflaster, der kreativen Macht der Fantasy-Literatur und seinen Pommes-Fingern erlegen.

Er setzte sich daneben, den Moment der Muse und eine Zigarette genießend. Nach einer Weile kletterte eine Hand seine Hose empor. „Schreiben Sie auch?", fragte er. „Nein, ich arbeite als Servierhilfe in einer Fastfood-Kette", antwortete sie und fügte entschuldigend hinzu: „Wenn man den ganzen Tag Mayonnaise auf Pommes quetscht, entwickelt man eine gewisse Leidenschaft für semiliquid-gelatinöse Substanzen. Dürfte ich...?" Sie griff fest unter seine Bundfalte. „Nur zu, sie haben scheinbar ein Talent im Gebrauch von Mayonnaise", sagte er.

Orhud der Troll metzelte Feind um Feind nieder, aber der finale Streich blieb aus; der Ork-Anführer war aus seinem Blickfeld verschwunden und für jeden Schlag schienen zwei neue Orks den Hügel hinab zu stürmen. Ein aussichtsloser Kampf, der vor und zurück wogte, vor und zurück, vor, zurück, vor, zurück... Er öffnete die Augen und blickte sie über die Lesebrille an. „Sagen Sie, vielleicht könnten Sie etwas mehr von hinten kommend anfassen? Das entspräche dann eher meiner natürlichen horizontalen Handführung. Wenn Sie so vor mir liegen, wird Ernest in die falsche Richtung gezogen, das behagt ihm nicht. Oder vielleicht wenn wir gemeinsam in der Horizontalen arbeiten?" Sie nickte und arbeitete sich weiter zu ihm hinauf. Die nächsten Minuten verbrachte er im wild zuckenden Spiel der Hand- und Taktwechsel. Sie war keine Schriftstellerin, aber ein Mozart der Masturbation und spielte beim Einsatz der Blasmusik seine Zauberflöte in einem wilden Stakkato aus Dur und Moll.

Als er die letzte Tinte des Tages vergoss und ihre Sommersprossen überdeckte, war es dunkel geworden.
„Das war ziemlich gut", sagte er und reichte ihr zum Dank die Hand. „Hat mich gefreut, Sie kennen gelernt zu haben, Miss...?" „Molly", antwortete sie lächelnd. „Für Sie einfach nur Molly. Ich arbeite im Boobies, Sie wissen schon, der gehobenen Fastfood-Kette. Hier, wenn Sie mal vorbei schauen möchten..."
Sie kramte aus ihrer Tasche ein Gutscheinheft hervor. „Aktuell haben wir den Giganto im Angebot, der kommt mit richtig viel Mayonnaise ."
„Ich überlege es mir, vielleicht wenn ich mal richtig Hunger habe, danke", lächelte er. Dann zwinkerte er Molly noch einmal fröhlich zum Abschied zu und machte sich eilends auf den Weg in Richtung Kitzlerkeller, wo er ein Vorstellungsgespräch für potentielle Gogo-Lesungen vereinbart hatte.

10 Goldmöschen und die drei Bären

„Wer hat von meinem Tellerchen gegessen?", fragte Bruno.

„Ich", brummte Waldolf. „Aber wer hat aus meinem Becherchen getrunken? Und wer hat seine Krallen in meinem Popöchen?"

„Ich", rülpste Gunther und die drei Bären begannen brüllend zu lachen. Der Met in der Waldschenke am südlichen Rand von Rammelstadt hatte seine Wirkung nicht verfehlt und jetzt zogen die großen Waldbewohner hackedicht durch die Vergnügungsmeile, ohne den überraschten bis panischen Blicken ihrer Umgebung Beachtung zu schenken. Die Überraschten mochten sich fragen, seit wann Bären sprechen konnten und schicke Jacketts und Designerkäppis, aber keine Hosen trugen. Die Panischen hatten schlicht registriert, dass es in ihrem Vergnügungsviertel große, sprechende und obendrein sturzbetrunkene Bären gab. Der biologisch geschulte Beobachter mochte feststellen, dass es sich um ausgewachsene, wohlgenährte Braunbären mit überraschend großen Penissen handelte. Chris Adam hätte noch bemerken können, dass „Bär" auf schwedisch amüsanterweise „Björn" hieß, während das schwedische „Björnbär" umso amüsanterer auf deutsch „Brombeere" bedeutete.

Greta Musch indes bemerkte nichts davon, denn sie hatte weder Schwedisch gelernt, noch trug sie bei der Arbeit eine Brille. Der Optik wegen hatte sie darauf verzichtet, allerdings bei einem damaligen Probedurchgang keine Kontaktlinsen vertragen und so ging sie Tag für Tag halb blind durch die Arbeitswelt. Deshalb ging sie nun auch davon aus, dass drei fette, behaarte, bisexuelle Araber ohne Hosen an ihrem Fenster vorbeigingen – und das war in der Tat ein Publikum, das Greta neugierig machte. Denn einen fetten, behaarten bisexuellen Araberpenis hatte sie in ihrer ansonsten erfolgreichen und vielseitigen Laufbahn noch nicht zwischen die Finger gekriegt. Oder die Beine. Oder den Mund, die verlängerten Ohrlöcher oder den von der Scheidewand befreiten Mono-Nasenflügel. Greta war als die „Frau der tausend Löcher" berühmt, ihr Rekord stand zwar nicht bei 1000 (von denen sie träumte), wohl aber bei sechs Männern gleichzeitig.

Es war ein Dreh in einer Telefonzelle gewesen. Mittendrin hatte sie Hunger bekommen und eine Pizza bestellen wollen, aber da sie in dem Moment weder reden noch sonderlich gut hören konnte, war ihr nur das Wählen geblieben. Julio hatte für sie gesprochen, aber da Julio nicht der Hellste war, hatte er statt einer Pizza eine Flasche Cola und einen Big Mac bestellt, dessen Lieferung die Pizzeria verweigert hatte.

Greta schüttelte sich aus ihren Gedanken, sie war abgeschweift und konnte nur noch drei haarige, wirklich breite Ärsche sehen, die das Pflaster entlang wackelten. Die exotische Chance war fast vertan. „Hey, ihr Bären", rief sie den Bären ohne Hosen hinterher. Die Angesprochenen drehten sich um. Sie sahen eine rauchende Mittvierzigerin mit Marilyn Monroe-Frisur, bei der die Farbe blätterte. Die Dame hatte zwei üppige Bienenkörbe, die süßen Nektar versprachen. Und als sie einen der hochhackigen Schuhe auf dem hüfthohen Fenstersims platzierte, konnten sie ein goldenes Funkeln erkennen, dort, wo der Nektar gewöhnlich am wohlschmeckendsten war. Greta staunte nicht schlecht, als sie die Größe der Bären, insbesondere aber die ihrer haarigen Bären-Dödel erfasste. „Das sind ja Prachtlümmel, richtige Freudenkolben", entfuhr es ihr. Bruno grinste. „Wenn er dir zu groß ist, hab ich ein kleineres Exemplar auf der Rückseite", sagte er, drehte sich um und präsentierte ihr einen wedelnden, voll behaarten Stummel. Seine Kumpane rollten sich brüllend vor Lachen über das Pflaster. Greta stimmte in das Lachen ein und wackelte keck mit Kopf und Hintern. Ihre Bewegung glichen denen eines verrosteten Androiden.

„Euch drei schaffe ich gleichzeitig – und so was kleines wie dein Rückseiten-Stummel kommt mir nicht ins Haus", sagte sie dann abfällig. Die drei verstummten verblüfft und sahen sich an. Da forderte sie jemand heraus, und das konnte nur eine Konsequenz haben. „Bären-Bukkake", grimmte Waldolf und seine Brüder stimmten ein: „Bären-Bukkake."

Als sie näher kamen, sahen sie, dass es sich wirklich um ein goldenes Schimmern in der Körpermitte der Prostituierten gehandelt hatte. Das Schimmern umgab die beiden Lustschlitze Muschs, wurde stärker und ließ sie vorder- wie rückseitig erleuchten. Es schienen goldene Verstärkungen zu sein, die den Vaginal- und Analraum auskleideten. Als die Bären die sonderliche Dame, die sich nun aus ihrem Fenster schwang und sich neckisch und angstfrei in ihrer Mitte zu räkeln begann, genauer unter die Lupe nahmen, entdeckten sie ein drittes Funkeln, das dem Mononasenflügel entstammte. Die vor ihnen stehende Dirne hatte etwas von einem Rocher-Cyborg, wenn es so einen denn gab. „Worauf wartet ihr?", fragte Greta Musch, aber ihre Stimme tönte nicht vom Mund, sondern vom Körperzentrum. Verdutzt beugte sich Gunther nach vorne und sah, dass sich die Schamlippen der Mittvierzigerin bewegt hatten. „Also", riss Greta Musch die Bären aus ihrer Starre, „wollen wir jetzt vögeln oder soll ich euch fürs Angucken abkassieren?" Das ließen die Waldbewohner sich nicht zwei Mal sagen. Mit einem animalischen Brüllen umkreisten sie ihr Opfer, richteten die Sackkanonen auf Trommelfeuer und begannen druckvolle Salven abzufeuern. Die alternde Blondine machte sich keinerlei Mühen, auszuweichen. Die drei waren in ihre Falle getappt wie dicke hungrige Kinder, vor deren Augen man Sahnebonbons vom Balkon warf. Sie zielten jetzt auf die goldenen Stellen.

Es war ein wenig vergleichbar mit diesen Untersuchungen einer Forschergruppe, von denen Greta kürzlich gelesen hatte. Demnach hatten aufgemalte Fliegen im Inneren von Urinalen landesweit in den Gaststätten einen Rückgang des Bodenurins um 50 Milliliter pro Quadratmeter pro Tag bewirkt. Freilich hatte man daraufhin ein Siebtel der landesweiten Putzfrauen entlassen. Da aber weder den Besuchern noch den Putzfrauen die Kündigung aufgefallen war (sie lebten ja weitestgehend vom Trinkgeld), saß nach wie vor eine unveränderte Anzahl von Personen in den öffentlichen Toiletten und sammelte Kleingeld in viertelstündlich geleerten Untertellern. Eine von ihnen, Maja Jagodanski, die früher auf der Rammelstädter Meile gearbeitet hatte und nach dem Berufswechsel als Klofrau abends das Kleingeld in Spielautomaten reinvestierte, hatte im Kasino abgeräumt. Angeblich besaß sie nun einen goldenen Schrubber, ansonsten hatte sich nichts geändert. Im Laufe der Zeit hatte sie dem Hörensagen nach einen Fetisch für angetrockneten Urin entwickelt und...

Greta war wieder abgeschweift. Sie sah hoch und bemerkte beiläufig die fassungslosen Gesichter der drei Bären. Klito,

Anush und Nasidarma gaben letzte Schlürf- und Schluck-
geräusche von sich. Aber sie hatten noch nicht genug,
auch wenn die Salven verklungen waren, das spürte Greta.
Sie seufzte, dann gab sie sich einen Ruck. „Schön ihr Lieben, macht, was ihr nicht lassen könnt. Aber kein Blut auf
die Straße." Die golden glitzernden Parasiten, die in Greta
lebten, seit sie 1989 bei einem Besuch in der Wüste Nevada
wüsten Sex mit einem Meteoriten gehabt hatte, lösten sich
geifernd und flogen an die Genitalien der drei panisch
schreienden Bären. Einige Minuten später lagen die drei
goldenen Aliens rülpsend und mit vollem Bauch vor drei
in sich zusammengesunkenen Haufen aus Fell und Kno-
chen. Greta hatte sich eine Zigarette angezündet und aus
ihrem Fenster den guten Gin geholt, den sie nur nach Sex-
begegnungen mit tödlichem Ausgang in die Hand nahm.
Araber waren wohl auch nicht mehr das, was ihr Ruf ihnen
bescheinigte.

Während Gretas Aliens originelle Witze über Bärenfelle
austauschten und der letzte Rauch von Gretas Zigarette in
den Nachthimmel schwebte, ertönte ein Piepen und Rauschen. Kurz darauf bahnte sich eine Stimme ins Freie.
„Agentin Musch, bitte kommen." Sie nahm die einige Ge-
lenkigkeit erfordernde Körperstellung an, um auf den
Buschfunk reagieren zu können.
„Agentin Musch am Apparat. Bin ich schon. Wir haben
lange nicht mehr miteinander gesprochen, Leutnant. Wie
sieht es mit dem versprochenen Bildtelefon aus?" Bei
ihrem traditionellen Witzchen musste sie selbst ein wenig
lachen. Skype war nichts für sie. Und sich einen Router
einpflanzen zu lassen, das musste nun auch nicht sein.
Leutnant Hard Longdong lachte höflich, wenn auch etwas
verrauscht. Sie justierte ihre Beinstellung, bis das Störge-

räusch verschwunden war, dann sprach sie wieder in das Mikrofon. „Wie komme ich nun also zu der Ehre?"

Longdong kam wie immer gleich zur Sache. „Wir haben einen einen Code Red 69."

„Fickerige Omas belästigen die Waldbevölkerung?", fragte Musch verwundert.

„69, nicht 67.", erwiderte Longdong genervt. „Lernen Sie nach acht Jahren Zugehörigkeit in der TASK endlich die Codes!"

Greta Musch runzelte die Brauen und sog einen tiefen Atemzug in ihr Nasenloch. Das tat sie immer, wenn sie angestrengt nachdachte. 69, 69... Dann fiel es ihr ein. Code 69, der, den sie stets für zu abwegig gehalten hatte, um ihn sich ernsthaft zu merken. „Invasion notgeiler Märchenbewohner durch ein versehentlich erschaffenes Raum-Zeit-Portal?"

Longdong schwieg einen Moment. „Ich fürchte, das muss ich bestätigen. Und weiß Gott, ob nicht noch Schlimmeres geschehen ist." Greta Musch zögerte, ging die Erlebnisse unter einer neuen Theorie durch und überwand sich dann, ihre Lesebrille aus den Strapsen zu ziehen. Nach einem Blick in die Runde begab sie sich wieder in Funkposition. „Wie hieß nochmal diese eine Geschichte mit den Tellerchen, Becherchen und Bettchen?"

Auf der anderen Seite herrschte einen Moment lang Schweigen. „Sie meinen Goldlöckchen und die drei Bären?"

„Genau die", grinste Agentin Musch. „Von dem Mädchen weiß ich nichts, aber die drei Bären können Sie schon mal streichen." „Gute Arbeit, Musch", tönte es zurück. „Aber das wird es wohl noch nicht gewesen sein. Ich habe auch schon ihre Kollegen angefordert, dieses Mal werde ich sie alle benötigen."

Greta Musch runzelte die Brauen. Die TASK, die Truppe außergewöhnlicher Sexual-Kämpfer, war eine Spezialeinheit, deren Mitglieder über die besten und ausgefallensten Kampftechniken Rammelstadts verfügten. Neben Greta Musch gehörten noch drei weitere Personen zu dem Eliteteam: Antje Slikkengood, eine junge Zuhälterin, die an Bulimie litt (zumindest vermutete Greta das), Alex Gumbag, ein schmieriger Typ Mitte 40, über den nur wenig bekannt war und Gunnar Raketsson, ein schwedischer Diplombiologe. Die TASK war geboren, als die vier bei den Gefechten von Ovum vor einigen Jahren gemeinsam die feindliche Mauer durchstoßen und so für den entscheidenden Durchbruch gesorgt hatten. Seitdem hatte Leutnant Hard Longdong sie auf seine Gehaltsliste für Spezialeinsätze gesetzt. Sie waren untergetaucht und in den Augen der Bevölkerung zu vermeintlich in der Schlacht gefallenen Helden geworden, von denen man nur munkelte, dass sie vielleicht noch irgendwo existierten. Aber sie alle vier gleichzeitig hatte der Leutnant noch nie benötigt. Greta Musch brachte sich in die Vertikale und grübelte einen Moment. Dann pfiff sie Klito, Anush und Nasidarma zurück in den Stall und machte sich auf, ein paar Sachen zu packen. Sobald Longdong sich wieder meldete, wollte sie einsatzfertig sein.

11 Lügen haben lange Nasen

Trude bohnerte den Tisch. Solange Horst weg war, hatte sie den „Hängenden Sack" für sich, zumindest, wenn sich keine Touristen hierher verirrten, die gelegentlich von der alten Reklametafel („Hacksteak Pommes 6,50") angezogen wurden. Ansonsten war spätnachmittags nicht viel los. Wenn sie mit Horst keinen Strippoker spielte oder ein wenig seinen alten Wäscheständer hobelte, blieb ihr Zeit zum Putzen. Der Ansturm kam nachts beziehungsweise am frühen Morgen, wenn die Scharen der Trunkenbolde und Liebestollen von der Vergnügungsmeile etwas nördlich herüber torkelten und auf einen Absacker oder einen Restefick bei ihr vorbeischauten. Die Preise für beides waren auf dem Schildchen über der Theke notiert. Neben „Absacker" und „Restefick" waren noch „Pils", „Sekt" und „Spirituosen" gelistet, außerdem der Hinweis „heute keine Küche". Kein Kochen, wenig Servieren, Pauschalpreise, keine schwere Rechnerei. Trude liebte ihren kleinen schäbigen Verschlag, in dem alles abstieg, was um vier noch nicht genug hatte.

Umso überraschter war Trude, als unvermittelt ein Knirps im letzten Schatten der allmählich untergehenden Sonne auftauchte und den Türrahmen bis Hüfthöhe füllte.
„Nix für Minderjährige", brummte sie mit whiskypolierter Truckerstimme. Der Bengel reagierte darauf nicht, stakste an die Theke und sprang auf einen der Barhocker. Er bewegt sich hölzern, ein wenig wie eine Figur in der Augsburger Puppenkiste, dachte Trude verwirrt. Mit dem Lappen in der Hand trat sie näher. „Hey, Kleiner, ich hab dir gesagt, dass das hier nix für dich ist, also verzieh dich."

„Halt den Mund und gib mir Scotch mit nem Schuss Leinöl, Puppe", lautete die freche Antwort. Trudes Augenbrauen zogen sich nach oben. Zum einen war das seit langem noch mal eine Mischung, die sie so noch nicht getrunken hatte, zum anderen hatte lange niemand mehr so mit ihr zu sprechen gewagt. Der letzte war ihr Ex-Mann gewesen. Sie trat hinter die Theke, um ihren Kunden mit etwas Abstand betrachten zu können. Er war vielleicht 16, wobei man das heutzutage schwer schätzen konnte. Immerhin keine Pedo-Nummer, dachte sie bei sich. Was sie aber hochgradig irritierte, war, dass er komplett aus Holz bestand. „Ist das Buche?", fragte sie ihren jungen Kunden. „Ist das ein volles Glas?", fragte der zurück und schwenkte ein leeres Whiskyglas, das noch vom gestrigen Abend auf der Theke stand. Als er wenig später einen Scotch mit Leinöl geext und wohlig gerülpst hatte, antwortete er auf ihre Frage. „Feinste Kiefer, meine Liebe. Aber die Nase ist Buche, und das nicht zu knapp."

Sie betrachtete ihn. Hübsch geschnitzt, schön schlank anzusehen, fesche Kleidung, tolle Augen. Andere Frauen in ihrem Alter hatten Puppen im Regal stehen, da stand es ihr wohl zu, selbst mit einer zu spielen, dachte sie bei sich. „Wie alt bist du denn?", fragte sie sicherheitshalber noch einmal.

Er seufzte. „Du hast schon gemerkt, dass ich aus Holz bin, oder? Habt ihr Menschen inzwischen eure Gesetze geändert? Als ich das letzte Mal hier war, hat das keine Sau interessiert."

Sie nickte langsam. „Darf ich mal deine Nase streicheln?", fragte sie dann. Er grinste spitzbübisch und zeigte seine polierten, strahlend weißen Zähne. „Na logo, nur deshalb bin ich hier." Während er das sagte, wuchs seine Nase ein Stückchen.

„Ist deine Nase gerade ein Stückchen gewachsen?", fragte Trude.

„Das macht sie immer, wenn ich nicht ganz die Wahrheit sage", antwortete er. Sie nickte verständnisvoll und strich dann mit Zeige- und Mittelfinger über den nun etwa acht Zentimeter langen, horizontal vorstehenden Nasenrücken. Nach einer Weile nahm sie gedankenverloren den Daumen dazu und rieb das harte Holz zwischen ihren Fingern. „Sag mal, wie sieht das bei Holzmenschen eigentlich mit Penissen aus?" Er schüttelte bedauernd den Kopf, wodurch ihre Finger von der Nase nach links und rechts geführt wurden. „Kein Penis?" Die Finger wurden auf- und abwärts getragen. Sie ließ kurz los, sah ihm in die hübschen jugendlich glänzenden Augen. „Kannst du riechen?"

„Logo", sagte er ein wenig verwirrt.

„Okay, warte hier. Nimm dir Scotch, ich geh duschen", sagte Trude und eilte sich, ins Hinterzimmer zu kommen.

Als sie nach einigen Minuten zurückkam, saß er immer noch am Tresen, das Scotchglas randvoll. Der rote Schimmer in seinen Augen verriet, dass er es nicht zum ersten Mal neu befüllt hatte. Er war trinkfest. Dazu hatte er sich das kleine Karohemd ausgezogen und präsentierte ihr seine schmale Kiefernbrust. Hui, was ein Spaß. Sie streifte den hastig übergeworfenen Bademantel ab und setzte sich vor ihm auf den Tresen, die Beine auf seinen Schultern abgelegt. „Wie viel ist zwei mal sieben?"

Er grinste. „Sechzehn?" Die Nase wuchs drei Zentimeter. Das war besser als Tantra.

„Wie viele Bestseller hat Jan Sammer geschrieben?"

„Wer ist das?", fragte die Holzpuppe verwirrt zurück.

„Keine Ahnung, ist doch egal", lachte Trude und jubilierte. Wie die Nase wieder wuchs, als er zustimmte! Nachdem er ihr gesagt hatte, dass Rammelstadt in der Antarktis lag, hatten sie Kontakt und sie packte ihn beim Kopf, wühlte seine Strohhaare, während er zu erzählen begann. „Die Wüste besteht aus Wasser. Marilyn Monroe war ein Mann. Der Kitzlerkeller ist in Fickeringen. Pinocchio ist tot. Sex macht keinen Spaß."

„Ja, ja. Ohjaaaaa, ist das gut. Los doch, los, lüg mich an, du Holzlümmel!", stöhnte Trude, während sich die Nase in ihr rieb, neue Gänge erkundete, schnüffelte, und schwoll, wuchs, weiterwuchs, größer und größer. Sie streichelte sein Strohhaar und spürte die Buche in ihrem Körper pulsieren; und es war geil, märchenhaft-buchesk. Sie schloss die Augen, hielt sich links und rechts an den Stützpfeilern fest und genoss den hölzernen Horizontalritt, das Treiben auf der Theke, die endlich mal wieder so richtig gewienert wurde. Sie fühlte sich wie eine nasal betriebene Kettenschaukel.

Nach einigen Minuten war sie soweit. Das war sie mit Horst nie gewesen, mit den meisten anderen Kunden auch nicht und mit einem Stöhnen ließ sie seine Nase glänzen. Er musste husten, als er im falschen Moment atmete. Sie öffnete die Augen und schrie auf. Nicht nur seine Nase war gewachsen, sondern auch sein Körper. Er war riesenhaft geworden, ein Baum von einem Mann; er hatte nichts unberührtes, jungenhaftes mehr, sondern war hässlich und unfassbar alt, Äonen alt geworden. Seine Arme hatten sich Holzschlangen gleich hinter die beiden Stützpfeiler gewunden, an die sie sich im wilden Ritt geklammert hatte, und jetzt griffen sie zu, rankten und schlossen sich und fixierten Trude. Angsterfüllt sah sie ihm in die noch stärker rot leuchtenden Augen. Sie spürte, dass er bis zum Anschlag in ihr steckte und sie nun letal-nasal beglücken würde. Wenn er nun weiter wuchs... „Nein", jammerte sie, „ich bin doch noch so jung."

Trude war 67, hatte in ihrem Leben jede Menge gesehen, vier Blagen von vier Männern in die Welt geworfen und wäre zu Zeiten des Dreißigjährigen Krieges wohl eine Marketenderin, eine Mutter Courage der Wirtshausgeneration gewesen. Die Vision ihres eigenen Todes hatte immer einen patzigen letzten Satz beinhaltet, so etwas wie „Halts Maul, ich sterbe hier gerade." Jetzt sagte sie den letzten Satz ihres Lebens nicht einmal selbst. Das übernahm eine kleine männliche Holzpuppe mit Nase in ihrer Vagina, die sie diabolisch angrinste und dann für sie abschloss. Kitschiger hätte der Schlusssatz dabei kaum sein können: „Ich liebe dich", hauchte Pinocchio und roch nach einem berstenden Geräusch den Angstschweiß auf Trudes Rücken und die Tatsache, dass unter ihrer Theke noch eine angebrochene Flasche Scotch stand. Der gute, den sie selber trank. Mit einem Geräusch, das dem Gleiten eines Schwertes aus seiner Scheide nicht unähnlich war, ließ er seine Nase wieder in die Ursprungsposition schnappen. Trude kippte tot nach hinten über den Tresen und blieb mit dem Arsch im Spülbecken stecken. Einen Moment lang blieb er stehen und betrachtete sein Werk – dann nahm Pinocchio die Scotchflasche und verließ den „hängenden Sack" summend in Richtung Westen, der untergehenden Sonne nach.

12 Nachtdienst

Molly stand in der Küche und ließ genussvoll Mayonnaise auf einen Giganto tröpfeln. Dann bedeckte sie das mayonnaisierte Brät mit Salat, Tomaten, einer Scheibe Chester, Gurken und Röstzwiebeln und drückte auf die kleine, silberne Klingel, die Pam signalisierte, dass sie die nächste Bestellung hinaus bringen konnte. Das Boobies lag bahnhofsnah im Westen Rammelstadts, ein gehobenes Fastfood-Restaurant. Das große „T" auf dem Gaststättenschild bezeugte die landesweite Anerkennung einer hochwertigen Traditionsküche. Ab und an besuchten sogar überregional bekannte Persönlichkeiten das Boobies, um sich an qualitativ hochwertiger Mayonnaise zu verlustieren oder das jeweilige Monatsspezial zu versuchen. Im Juni war das ein hausgemachter Chef-Salat mit Wiener Austern und diese Spezialität lockte viele bekannte Gesichter ins Restaurant. Aber auch die homemade Hot Dogs und Pommes waren erstklassig, genau wie die Brezel mit Senf für zwischendurch; alles wurde von Hand und mit viel Liebe hergestellt, eine Qualität, die sich herumgesprochen hatte. Erst heute Mittag war, zumindest laut Pam, Chris Adam dagewesen, der mehrfache Porno-Pingpong-Meister. Molly hatte da noch geschlafen, sie hatte eine Nachtschicht alleine in der Küche vor sich – und das konnte der Horror sein, wenn viel los war. Abends war sie in der Lesung im Café Amelie gewesen, hatte ihrem Lieblingsautor lauschen können. Und dann...Sie seufzte. Es war ein Fick gewesen, der sie an ihre Tanzkarriere in Frankreich erinnerte. Nicht die Standards oder den Muschiplattler, den sie immer noch mochte; es war der letzte Tango in Paris damals, den sie so genossen hatte und der ihr mit Mr. Daggett wieder in Erin-

nerung gekommen war. Nur, dass heute die Jury gefehlt
hatte.

„Hey, du tropfst auf den Boden", sagte Pam und wies auf
den Majoklecks vor Mollys Füßen. Verlegen stellte sie die
Tube weg und gab Pam die vorgefertigten Teller für Tisch
K2.

„Ein Giganto mit Pommes, Extramayo, und ein Doppeldec-
ker." „Danke Herzchen", sagte Pam und fügte beim Gehen
hinzu: „Der Mann an L7 möchte noch einen einen heißen
Wacholder trinken, bring du ihn doch bitte gerade mal zu
ihm."

„Aber ich muss noch Mayo..." Klack. Die Küchentür war
bereits zu. Molly seufzte. Pam arbeitete erst seit kurzem
hier und hatte noch keine Ahnung, wie es in der Küche
lief. Daher sah sie ihr diese Respektlosigkeit nach. Pam war
Sekretärin und wollte sich etwas dazuverdienen, weil sie
zum Schlittenfahren nach China fliegen wollte, am besten
per Helikopter, ein Kindheitstraum. Nichtsdestotrotz hatte Molly noch Wiener Austern zu flambieren, das machte
sich auch nicht von selbst. Aber einen durstigen Gast ließ
man im Boobies nun Mal nicht länger als zwei Minuten
warten, das gehörte zum guten Ton. Außerdem verspürte
sie vom monotonen Stehen ein unangenehmes Zehenzie-
hen. Es war ein Unding, allein in der Küche eingeteilt zu
sein, das würde sie Mister Vogler morgen im Team-Mee-
ting verdeutlichen.

Sie seufzte, säuberte ihre Brüste und steckte die kleine Lo-
tosblüte mit dem „B" in ihre Haare. Barbusig und mit dem
heißen Wacholder samt Löffelchen auf einem kleinen Sil-
bertablett betrat sie das Restaurant. Alle Tische waren
noch gut gefüllt, gegen 23 Uhr Normalzustand im Boobies.
Wollte man gegen 20 Uhr essen, musste man zwei Monate
vorher reservieren. Da man zu diesem Zeitpunkt die Mo-

natsspezialität noch nicht kannte, glich das Ganze einer Spekulation an der Börse. Hatte man einen Treffer gelandet und eine Reservierung zu Zeiten einer besonderen Monatsspezialität erhalten, konnte man entweder ausgiebig selbst essen und feiern gehen oder bei den explodierenden Nachfragen den Tisch teuer weiterverkaufen. Bei den hängenden Gärten vor dem Restaurant gab es einen regelrechten kleinen Schwarzmarkt. Die Verkäufer waren allerdings vorsichtig wie Juwelendiebe geworden, denn mittlerweile gab das Boobies demjenigen, der seine Karten verkaufte, Hausverbot. Das Restaurant konnte es sich leisten: Es galt als schick, trendy und nicht zuletzt als Beweis eines gehobenen sozialen Standes, um 20 Uhr im Boobies zu sitzen. Um 23 Uhr war hingegen die Normalbevölkerung in der Überzahl. Dass Chris Adam schon gegen Mittag dagewesen war, musste an der bevorstehenden internationalen Meisterschaft liegen, Molly hatte etwas davon in der Cunt weekly gelesen.

An Tisch L7 saß ein kleiner, dicker Mann mit tief ins Gesicht gezogener Kapuze. „So, einmal heißer Wacholder, Schätzchen, macht 6,90", flötete Molly. Zwei kleine funkelnde Augen betrachteten sie eingehend, aber verständnislos.

Dann brabbelte ihr Gegenüber: „Baluku,kabaluku ma?"

Nun war es an Molly, ihre Fremdsprachenexpertise unter Beweis zu stellen. „Hä?", fragte sie weltmännisch.

„Ballalu bakalaluka nalaba?"

Sie seufzte und wiederholte: „6,90, Herzchen." Genauso gut hätte sich wohl eine Katze mit einem schwebenden Schmetterling unterhalten können – der Kunde und Molly sprachen offensichtlich nicht ansatzweise die gleiche Sprache. So versuchte es Molly mittels Gesten und öffnete schlicht die Hand.

Der kleine, dicke Fremde kramte in seinem Mantel, der sie entfernt an die „Herrin der Ringe" erinnerte und legte ihr nach kurzem Zögern eine schwarze Bohne in die Hand. Während Molly verständnislos auf die Bohne starrte, löste sich der Fremde auf, floss durch den Strohhalm in den heißen Wacholder und war verschwunden. „Ui", sagte Molly. Einen Moment sah sie noch auf die Bohne, dann steckte sie sie schulterzuckend in die Tasche und ging zurück in die Küche, um Austern zu flambieren.

Als ihre Schicht gegen zwei Uhr beendet war, machte Molly sich auf den etwa zwanzigminütigen Heimweg. Sie genoss die frische, klare Luft und die erleuchtete Stadt, die auch jetzt noch vom Nachtleben erfüllt war. Schließlich erreichte Molly das kleine Haus, in dem sie seit zwei Jahren mit ihrem Freund Thomas wohnte. Als sie die Jacke auszog, fiel ihr die schwarze Bohne in die Hand, die der seltsame Fremde ihr gegeben hatte. Eine Weile überlegte Molly, dann vergrub sie die Bohne aus einem Bauchgefühl heraus in einem großen Topf im Wintergarten und ging ins Schlafzimmer. Thomas schnarchte schon und sie schlüpfte unter die Decke, kuschelte sich an seinen behaarten Truckerrücken, spielte ein wenig mit seinem ranzigen Unterhemd und fiel in einen tiefen, zufriedenen Schlaf.

13 Alice im Ständerland

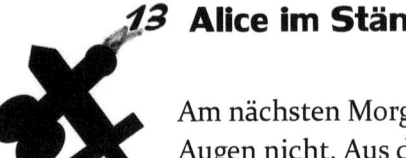

Am nächsten Morgen traute Molly ihren Augen nicht. Aus dem Blumentopf im Wintergarten war eine grüne Gogo-Stange gewachsen, die das Dach durchbrochen hatte und sich ungeahnt weit in den morgenroten Himmel emporstreckte. Links und rechts von Thomas und ihr lagen einige Dachziegel im Boxspringbett. Eigentlich sah das ganz nett aus, dachte Molly. Sie beschloss, Fotos für ihren Wohn- und Lifestyle-Fashionblog zu machen und holte die Spiegelreflexkamera aus der Küche. Als sie zurückkam und die erste Serie schoss, wachte Thomas leise schmatzend auf. Er sah sie, dann entdeckte er die neue Gogo-Stange. Beim Aufrichten stützte er sich mit der Hand auf einen der Dachziegel, der in die Matratze geschlagen war.

„Hast du schon Kaffee gemacht?", fragte er.

„Nein, ich wollte erst Fotos machen", antwortete Molly wahrheitsgemäß und ein wenig schuldbewusst. Sie ging zurück in die Küche und drückte den Senseo-Knopf, auf dem eine doppelte Tasse abgebildet war. „Wolltest du nicht vor einem Monat die Ziegel säubern?", scholl es aus dem Schlafzimmer. Sie seufzte, verdrehte die Augen und kehrte mit einem Tablett Kaffee, Orangensaft, Pancakes und Ahornsirup zurück in das anliegende Zimmer. „Ja Schatz. Aber ich hatte überraschend mehr Spätschichten zuletzt."

„Naja", murmelte er, besänftigt durch den Anblick des Frühstücks. „Aber es wäre schön, wenn du nach dem ersten Kaffee ein bisschen für mich tanzen würdest. Seit wann haben wir eigentlich eine Gogo-Stange?"

Sie lächelte. „Keine Ahnung. Die muss heute Nacht gewachsen sein. Aber sie sieht super aus und ich bin zugege-

benermaßen ein bisschen heiß darauf, sie für dich zu erforschen. Vielleicht mache ich mir statt des Kaffees einen
Espresso, dann bin ich schneller fertig und kann mal probeweise anschenkeln."

„Ja, aber nicht, wenn du die Zubereitungszeit und den
Transport von der Küche berechnest", sagte Thomas. „Ein
Espresso fasst 25ml, die Durchlaufzeit auf unserer Kaffee-
maschine beträgt 35 Sekunden. Der Filterkaffee hat 200ml,
deine Schluckzeit"

...sie kicherte... „beträgt in etwa 15ml pro Sekunde. Es sei
denn, du hast es eilig, dann kommst du mit einem großen
Schluck auf 40ml Fassung. Für einen Kaffee macht das in-
klusive der Pausen zwischen den Schlucken, sagen wir mit
50% Genuss und 50% Eile..." Er rechnete eine Weile angestrengt. „Kannst du mir nicht einfach einen blasen?"

„Nein", sagte sie tadelnd, „wer seine Matheaufgaben nicht
fertig macht, darf auch seinen Lolli nicht verstecken. Aber
da ich meinen Kaffee ja inzwischen so gut wie fertig getrunken habe, kann ich ja gleich auch für dich tanzen." Er
lächelte zufrieden, während sie mit einem Genuss/Ei-
le-Verhältnis von 40:60 ihren Kaffeerest trank und dann
mit ihrem grazilen Popo zu dem monströsen Gogo-Stau-
densellerie herüberwedelte, der ihren Terrakottatopf zu
zerstoßen drohte. Prüfend fuhr sie mit der Hand über die
etwa mineralwasserflaschenbreite Staude, die da gewachsen war. Sie fühlte sich gut an, nicht zu rutschig, sportlich
in der Hand. Probeweise machte sie eine kleine Überkopf-
drehung, klemmte das Gewächs zwischen ihrem Plüschpyjama und ließ sich kichernd kreisen. Das erinnerte sie an
alte Tage. Thomas aß einen Pancake und sah zufrieden zu,
wie seine Freundin geschickt pirouettierte und propellerte.

Durch die Bewegungen von Mollys Körper geriet die Stange in leichte Schwankungen, die sich nach oben verstärkend fortzusetzen schienen – und mit einem Mal gab es einen Rums und ein nackter Zwerg fiel durch das Loch in ihrem Dach. Er rappelte sich auf und erstarrte, als er die beiden Menschen erblickte. Um den Hals, an einer goldenen Kette befestigt, trug er eine große, altmodische Analog-Uhr.

„Wo kommst du denn her?", fragte Molly den gut gepflegten, bärtigen Fremden. Er sah sie unsicher an, dann brabbelte er: „bakulakkaluba kalabalobaku..." Jetzt erkannte Molly ihn.

„Hey, du bist doch gestern in den Strohhalm geflossen", sagte sie und zeigte mit dem Finger auf ihn. „Du schuldest mir 6,90."

Der Zwerg sah einen Moment auf ihren Finger, dann rannte er zu der Gogo-Stange und kletterte in Windeseile nach oben. Thomas und Molly sahen ihm einen Moment erstaunt nach. Schließlich drehte Molly sich zu ihrem Mann und sagte entschieden: „Sorry, Schatz, aber das Brot für die Arbeit musst du dir heute selbst schmieren. Ich will sehen, dass ich das Geld von dem Zwerg wiederbekomme und bin neugierig, wo der herkommt."

„Soll ich mitkommen?", fragte Thomas, während ihm Ahornsirup aus dem Mund aufs Unterhemd herunterlief.

„Nein", lächelte sie, „dein Job ist schon anstrengend genug. Ich hab sowieso frei." Und mit einem hüfternen Aufschwung schenkelte Molly die Stange und begann, sich mit rhythmischen Bewegungen in den Himmel zu bringen. Höher und höher, aus dem Loch im Dach hinaus und in den kühlen, aber angenehmen Morgenhimmel.

Über sich konnte sie den durchaus knackigen Hintern des Zwerges wackeln sehen. Er war schnell unterwegs, verdammt schnell für seine Proportionen. Mit der Zeit kamen ihr Zweifel, ob sie dieses Tempo mitgehen würde – aber irgendwo musste das Gewächs ja ohnehin zu Ende sein und eine andere Richtung als nach oben konnte er auch nicht nehmen. Mittlerweile zweigten sich ab und an größere Nebenranken von der Stange ab, so dass aus dem mühsamen Hochrutschen mit wachsenden Höhenmetern ein angenehmes Klettern wurde. Nach einer Weile des Kletterns, in der sie das Zeitgefühl verloren hatte, erreichte Molly eine Regenwolke und die Stange wurde glitschig. Sie musste nun gut aufpassen, wie sie anfasste, damit sie den Halt behielt. Das ging eine Weile so weiter, bis sie die Oberseite der Wolke erreichte. Hier endete auch die Stange. Molly sah sich neugierig um. Wo war der Zwerg? In der Nähe der Stange, mitten auf der Wolkendecke, war eine Tür in der Luft. Sie rieb sich die Augen, die Tür blieb. Zögernd spreizte Molly einen ihrer nassen Füße von der Staude ab und tastete in die Luft. Die Wolkendecke war stabil. Sie atmete nochmals tief durch, dann löste sie ihren Griff von der Staude und betrat die Decke, näherte sich der Tür und spähte hindurch. Während die Tür aufschwang, wurde Molly von einem Sog erfasst, der sie durch die Luft wirbelte und die Schwelle überqueren ließ. Die Tür schloss sich hinter ihr und verschwand mit einem schmatzenden Geräusch irgendwo im Nimbostratus.

Molly rappelte sich auf und sah sich um. Sie lag auf einer märchenhaft schönen Wiese im weichen Gras. Angrenzend an die Wiese begann ein Feld, auf dem prächtige Dödel sprossen und ihre Köpfe im Wind nickten. Erst bei diesem Anblick bemerkte sie, wie ihr vom dreistündigen Kletterakt die Bumskerbe brannte. Ihr Plüschpyjama war durch die Regenwolke völlig durchnässt und sie hängte ihn über einen der wogenden Schwengel zum Trocknen in die Sonne. Dieser reckte sein Köpfchen hin und her und schnupperte, was denn wohl dort auf ihm abgelegt worden sei. „Welch blumer Duft, welch greifes Feucht. Und flauschig-weich ist es dazu", stellte er fest und fügte hinzu: „Du bist ein Erdenmädchen, da gibt es keine Zweifel. Ich freue mich, dich kennenzulernen."

Molly lächelte. „Das ist richtig, Herr Penis. Ich bin eine Gogo-Stange heraufgeklettert, die über Nacht aus meinem Terrakotta-Blumentopf gewachsen ist." Der Penis nickte verständnisvoll, aber vorsichtig, um ihren Pyjama nicht zu verlieren. Nach einer Weile fügte sie hinzu: „Kannst du mir sagen, wo ich hier einen kleinen nackten Zwerg finden kann? Er schuldet mir 6,90."

„Oh, du redest sicherlich von Meister Poperzius. Er ist vor etwa zehn Minuten hier vorbeigekommen."

Sie nickte. „Und wo ist er hin?"

Herr Penis lächelte, indem er die Vorhaut ein wenig kontrahierte. „Kindchen, ich hab keine Augen."

Molly lachte. „Stimmt. Aber du hast auch keine Ohren und keinen Mund, und trotzdem unterhalten wir uns."

„Das ist Telepathie."

„Ach so." Sie zuckte die Achseln, dann wandte sie sich von dem sprechenden Glied ab und sah sich um. Die Wiese entpuppte sich eher als eine Lichtung. Sie stand in einem Dödelwald, der weit und breit aus Fleischeichen bestand, einige knorrig-krumm, die meisten aber hoch aufragende Fischlanzen, die spitz im Wind pimmelten.

Molly überquerte die Lichtung und fand einen Pfad, an dessen Ende sich ein buntes, kleines Häuschen abzeichnete. Als Molly näher kam, stellte sie fest, dass es über und über mit Sexspielzeug behangen war. Die Wände bestanden aus Vibratoren, Dildos, Strap-Ons, Lustkugeln, Penisringen, Vibro-Eiern, Leckmuscheln, neunköpfigen Wurst-knüppeln, Hand-Melkmaschinen und allerlei Stopflö-chern. Die Stopflöcher waren allerdings nach innen hin abgedichtet, damit es bei schlechtem Wetter nicht zugig im Haus werden konnte. Molly strich mit den Fingern sanft über die Wand und dachte nach. Wo immer Meister Poperzius gerade war, eigentlich konnte er auch noch ein bisschen warten. Immerhin hatte sie soeben drei Stunden Stangensport hinter sich, da konnte ein wenig Entspan-nung nicht schaden.

Sie entschied sich für ein Gerät zur sexuellen Elektrosti-mulation. Es ließ sich bereitwillig aus der Wand herauslö-sen. Sie brachte den Tesla-Transformator in Position und stellte 10 Volt ein. Da sie durch den Regen noch leicht nass war, wirkte diese geringe Dosis um ein Vielfaches mehr, als sie es erwartet hatte. Molly wurde rücklings auf die Stief-mütterchen geworfen. Im Rindenmulch wälzend stöhnte sie lustvoll, während ihr Energie durch den Körper fuhr und sie dem Elektrorgamus entgegenstrebte. Als sie fertig war und erschöpft auf die zerdrückten Blumen zurück-sank, öffnete sich die Haustür. „Pimper, Pimper, Kläus-chen, wer vögelt da mein Häuschen?" Im Eingang stand Meister Poperzius, eine AK-47 um die Hüften geschnallt. Molly grinste verlegen und hob die Arme.

Nachdem ihr Meister Poperzius auf der Veranda mit den kleinen, entzückenden Gartenstühlen (Molly hasste sich dafür, die Spiegelreflex nicht dabei zu haben) einen Bla-sentee eingeschenkt hatte und sie sich gegenüber saßen, fiel ihr auf, dass er vorhin ihre Sprache gesprochen hatte. „Gerade ist mir aufgefallen, dass du vorhin meine Sprache gesprochen hast", sagte sie.
Er lächelte. „Nee nee. Telepathie."

„Ach so." Sie nickte. Irgendwie fickten heute alle ihren Kopf. Das war neu . „Hast du 6,90?", fragte sie. Er hob bedauernd die Arme. Sie winkte erschöpft ab. „Ist auch egal."

Eine Weile schwiegen sie. Dann fragte er: „Kannst du mir das Rezept von eurem heißen Wacholder verraten?"

Sie verneinte. „Das versteigern wir jährlich ein Mal in einem Kochbuch-Unikat, das darf ich nicht einfach so sagen. Sonst werde ich gefeuert."

Er nahm einen Schluck Blasentee, der verdammt lecker schmeckte, und beugte sich vor. „Ich gebe dir den Elektro-Stimulator dafür. Aber du musst mir versprechen, den Turbomodus nur in Notfällen zu benutzen, der hat es in sich." Sie hob die Augenbrauen. Ein Turbo-Modus? Aber das Gerät war ein Vielfaches der eigentlich angepeilten 6,90 wert, insofern war es ein gutes Geschäft. Sie nickte. „Okay, Deal. Wenn du mir zusätzlich verrätst, wo ich hier bin und wie ich hier wieder wegkomme." Sie schrieb ihm auf eine der Servietten die Zutaten und auf eine zweite das komplizierte Vorgehen der richtigen Zubereitung. Lächelnd nahm Meister Poperzius die Schriftstücke entgegen, dann begann er zu erzählen.

Vor langer Zeit, im 14. Jahrhundert der Dildoischen Zeitrechnung, gab es im Städtchen Bocklust einen Ritter, der seine Turniere mit dem Speer am liebsten im heimischen Bette austrug. Aber um seine Kontrolle zu behalten, schlief er mit jeder Frau nur ein Mal. Eine der Damen, die er lange hatte werben müssen, drohte ihm aber nach der gemeinsamen Nacht, er möge weiter mit ihr verkehren. Ansonsten werde sie ihn der Öffentlichkeit bloßstellen und ihm fehlende Potenz attestieren. Das störte den Bockluster nicht weiter, er lachte ihr ins Gesicht und ließ kokett den Schwengel propellern. Die Dame überlegte eine Weile, während der

*Speer vor ihrem Gesicht rotierte und drohte schließlich,
ihm das Gegenteil zu attestieren: sexuelle Unbeherrschtheit
und somit fehlende Selbstbeherrschung und Kontrolle. Das
Gesicht des Ritters gefror zu Eis, sah er mit diesem Vorwurf
doch seine Ehre bedroht. Da er aber auch seine Liaison
nicht fortzusetzen gedachte, willigte er schließlich darauf
ein, sich der Selbstkastration zu unterziehen. Als sein Dödel dies hörte, war er zutiefst erzürnt, schalt den Fahrens-
mann und sie zerstritten sich aufs Tiefste, während die
Dame lächelnd von dannen schritt. Ihr Tagewerk war getan. Sie sollte später als die Führerin der Emanzipation die
Kliten in die Schlacht gegen die herrschenden Penissier führen und wurde von einem mutigen Jüngling, der in Dra-
chenblut gebadet und alles bis auf seinen linken Hoden mit
einer unverwundbaren Schutzschicht umgeben hatte, erfolgreich gepfählt, aber das ist eine andere Geschichte. Der
Ritter und sein Glied beschlossen derweil, getrennte Wege
zu gehen. Nachdem der Penis eine Weile als Jungfern-
schreck die Welt bereist hatte, kletterte er einen Regenbogen empor und fand im angenehm feuchten Nimbostratus
ein neues zu Hause...*

Meister Poperzius nickte mit dem Kopf in die Richtung,
aus der Molly gekommen war. „Du dürftest ihn getroffen
haben."
Sie nickte. „Ja, er hat noch meinen Plüschpyjama."
Poperzius nickte bedächtig. „Den solltest du waschen."
„Ach, schon gut", lächelte sie, „ich brauche ihn nicht so
dringend wie er, glaube ich. Was ist passiert, als er hierher
gekommen ist?" „Er gründete das Ständerland, in dem wir
uns befinden. Viele Penisse, die unglücklich mit ihren Besitzern sind, entzweien sich irgendwann von ihnen und
kommen hierher, um ihren Ruhestand zu genießen. Ich

pflege sie und sorge dafür, dass sie eine angenehme Rentenzeit haben."

„Aber es sind so viele", entgegnete Molly. Dann aber dachte sie an die Generationen von Informatikern und Rollenspielern, die ihr auf ihrem Urlaubstrip nach Vulgarien begegnet waren, als sie in Nerding Zwischenstopp gemacht hatte, und sie zuckte die Schultern. Kam schon hin. Poperzius sah auf die Uhr. „Ich muss die Felder bewässern und dann die Gummipuppen ausfahren. Du kannst gerne noch hierbleiben, in der Küche sind Kekse."

Sie umarmten sich. Zum Abschied zeigte er mit der Hand hinter sich auf ein Loch im Boden. „In zehn Minuten kommt ein Regenbogen, den kannst du runterrutschen." Molly blieb noch eine Weile sitzen, genoss das schöne Wetter – da sie über den Wolken war, schien hier entsprechend immer die Sonne, ein perfekter Ruhesitz also – und trank noch einen Blasentee. Nach einer Weile leuchtete es schwul aus dem Bodenloch und Molly nahm den Elektrostimulator, atmete nochmals tief ein und rutschte dann den Regenbogen hinunter, der sie hinab durch die Wolken führte. Während sie der Erde entgegen rutschte, fiel ihr auf, dass sie völlig ihren Schlafanzug vergessen hatte. Nach einigen weiteren Minuten der Serpentinenrutschfahrt war sie nur noch einige hundert Meter über dem Boden. Molly blickte nach unten und hob überrascht die Augen. Das unter ihr war definitiv nicht Rammelstadt.

14 Märchenkunde – Bettlein deck dich

Es war einmal ein Rammelstädter namens Schneider, der hatte drei Söhne und zwei osteuropäische Dirnen. Letztere wohnten in ihrem Keller garantierten das Einkommen der Familie. Nach einer Weile waren seine Söhne zu Männern gereift und der Vater bat sie, von nun an gelegentlich Olga im Keller zu besuchen, damit sie nicht mehr so rattig war. Svetlana hatte er mittlerweile geheiratet und sie war nach oben umgezogen. Also ging des nächsten Morgens der älteste Sohn zu Olga in den Keller. Sie freute sich ihn zu sehen und ließ sich durchnudeln, dass die Matratze nur so quietschte. Als er fertig war, fragte er Olga, ob sie zufrieden war. „Ich war so geil, jetzt bin ich heil, meh meh*", schnurrte die Dirne. Zufrieden stieg der älteste Sohn die Treppen hinauf, um seinem Tagwerk nachzugehen. Der Vater fragte seinen Sohn, ob er die Dirne denn ordentlich gebohnert habe und er antwortete: „Ja, die war so geil, jetzt ist sie heil." Als des Abends aber der Vater in den Keller hinab ging, um sich selbst zu überzeugen und die Dirne fragte, ob sie denn gut befriedigt worden sei, antwortete sie: „Wovon sollt ich befriedigt sein? Er sprang nur übers Bettelein, ich lag und kriegte gar nichts rein, meh meh*." „Was muss ich hören", sagte der Vater erzürnt, lief hinauf und jagte seinen ältesten Sohn aus dem Haus. Am nächsten Tag war der mittlere Sohn an der Reihe. Er machte Fesselspielchen mit der osteuropäischen Prostituierten, ließ sie seinen dicken Wams versohlen und trieb sie mit dem Kolben vor sich her, bis sie vor Lust das Laken zerriss. Im Anschluss fragte er Olga, ob sie zufrieden wäre, und sie antwortete: „Oh, ich war so geil, jetzt bin ich heil, meh meh*." Als des Abends aber der Vater

hinunterging, antwortete sie auf seine Frage wieder: „Wovon soll ich befriedigt sein? Er sprang nur übers Bettelein, ich lag und kriegte gar nichts rein, meh meh*." Der Vater tobte und warf auch den Mittleren hinaus. Als er müde in das eigene Schlafzimmer ging und dort den Jüngsten auf seiner Svetlana fand, warf er auch die beiden hinaus und lebte fortan mit Olga alleine in dem Haus. Der jüngste Sohn begab sich mit Svetlana auf Wanderschaft. Zuerst verdiente er auf seinen Reisen mit ihr das nötige Kleingeld, schließlich aber ließ er sie bei einem sympathischen Freier zurück und begann eine Ausbildung im Dänischen Bettenlager. Nach drei hochinteressanten Lehrjahren, in denen er vieles aus den Bereichen Textilkunde, Physik und Ökonomie erlernte, schenkte sein Meister ihm zum Abschied ein kleines Bettchen, etwa 20x20cm groß. „Meister, was soll ich mit dieser Miniatur anfangen?", fragte er verwundert den Alten. Dieser lächelte, stellte das Modell auf den Boden und rief „Bettlein deck dich". Daraufhin wuchs das kleine Gestell zu einem schön geschnittenen Zwei-Meter-Boxspringbett mit goldenem Rahmen an, auf dem sich sogleich die bequemsten Decken und wohligsten Kissen fanden...

*Ungenauigkeit in der Rammelstädter Übersetzung des Alt-Dildoischen Dialektes

 **15 Zwischenspiel**

In der Abenteuer-Suite hatte Chris mittlerweile den letzten Schuss abgefeuert und war neben der elektrisierenden Eva eingeschlafen. Ein leichtes Schaukeln erinnerte sein Unterbewusstsein gelegentlich daran, dass er sich in einem Zug befand, sein Bewusstsein dagegen hatte das bereits verdrängt. Die untergehende Sonne des Dschungels und der Wasserfall, unter dem er nach dem Liebesspiel mit Eva geduscht hatte, hatten ihr Übriges dazu beigetragen, dass Chris Adam nicht mehr daran dachte, wo er war, wo er hinwollte und wo eigentlich sein Koffer hingekommen war. Ein leises Zischen ließ ihn nach wenigen Minuten der Entspannung hochfahren. Im Licht der Sterne saß ihm die Schlange gegenüber, die er vor einigen Stunden vom Baum gefeuert hatte. „Na, meine Kleine, warum lässt du mich denn nicht schlafen?", flüsterte er dem Tier zu, das ihn aufrecht stehend beäugte. Die Schlange züngelte nervös. Nach einer Weile antwortete sie: „Weil du von deinem Kurs abgekommen bist, Chris Adam." Überrascht zog er die Brauen nach oben. „Du kannst ja sprechen." Die Schlange seufzte. „Und du kannst vögeln, aber nicht mehr denken. Du wolltest doch eigentlich zur Porno-Pingpong-Meisterschaft, oder?"
Während Chris ein wenig sprachlos den Unterkiefer pendeln ließ, holte die Schlange einen Apfel hervor. „Verleibe dir diese Frucht ein", sagte sie frivol-dominant. Chris zuckte die Schultern, biss in den roten Körper und kaute auf dem Fruchtfleisch herum, während die Schlange ihn wartend ansah. Und mit einem Mal traf Chris die Erkenntnis, dass er nackt war, dass er in einem Zug war, der offenbar in die falsche Richtung fuhr, dass er gestern (oder

vorgestern?) Mittag seine Rechnung im Boobies nicht bezahlt hatte und dass er keine Ahnung hatte, wo sein Koffer war. Als er anheben wollte, seine Erkenntnisse der Schlange mitzuteilen, schüttelte die den Kopf und nickte leise zischend in die Richtung links hinter ihm. In der Luft, etwa 20 Zentimeter über dem Boden, war eine Tür erschienen. Der Porno-Pingpong-Meister erkannte sie wieder, es war die Tür, durch die er die Suite betreten hatte.

Vorsichtig, um Eva nicht zu wecken, schlich er auf den kunstvoll mit Blattgold spermierten Eichenrahmen zu. Als er die Tür öffnete, setzte ein durchdringendes Alarmgeräusch ein. Rotes Licht leuchtete auf und erhellte den Dschungel in einem unheimlichem Campari-Ton. Er wirbelte herum und entdeckte mit aufkeimender Furcht, dass Eva geradezu mechanisch hochschnellte und in seine Richtung blickte. „Lauf", brüllte die Schlange ihm zu. Und während Damballah, der wieder erwachte haitianische Gott der Fruchtbarkeit, sich Eva in den Weg stellte, stolperte Chris hinaus aus dem Dschungel der Lust, durch die Tür mit der Aufschrift 6-69 und mitten in den Flur des Intergenitalexpresses. Er hörte auch hier eine Sirene und sah, dass neben seiner Tür eine rote Warnleuchte angegangen war, die die Zugleitung über den schwindenden Energievorrat im Raum zu informieren schien. Zu diesen Eindrücken gesellten sich zwei weitere Geräusche, die Chris eine Gänsehaut auf dem Rücken bereiteten: schnelle Schritte und aufgeregte Rufe. Er hatte nicht mehr viel Zeit, das war Chris klar. Mit einem hektischen Blick suchte er die Umgebung ab und seine Augen trafen auf ein Fenster, das er bisher nicht wahrgenommen hatte. Nein, dachte er, dieses Fenster war bisher schlicht gar nicht da gewesen. Sei es drum. Chris Adam, der mehrfache Porno-Pingpong-Meister, nahm all seinen Mut zusammen, schob das Fenster auf, atmete noch einmal tief durch und sprang mit einem beherzten Satz in die Nacht. Hinter sich vernahm er wütende Zischgeräusche, während sein freier Fall begann. Ganz offenbar hatte er die richtige Entscheidung getroffen; anhand der schemenhaften Umrisse vermutete er zumindest, dass der Zug gerade eine Brücke befahren haben musste. Blieb zu hoffen, dass er unten auf Wasser traf.

16 Ein Bett im Kornfeld

Annemarie war mittlerweile eine typische Landfrau geworden. Ein bisschen gemütlicher, nicht mehr so zimperlich gegenüber Arbeit und öfter als früher Braten in der heimischen Röhre. Wobei das mit der Arbeit immer noch so eine Sache war: Am liebsten saß sie auf ihrer Veranda, in den Feldern nordwestlich des Nippeltellers, kaute Kautabak und hörte Schlagersongs auf einem alten Transistorradio, das Fred ihr vorletztes Jahr zu Heiligabend geschenkt hatte. Gelegentlich pedikürte sie dabei ihre Fußnägel, aber in den letzten Tagen war es für Juni wirklich frisch geworden, so dass sie es vorzog, sich im Schaukelstuhl unter eine Wolldecke zu kuscheln und „ich sehe was, was du nicht siehst" mit Fred zu spielen. Meistens gewann sie, aber das war kein großes Wunder.

Fred war seit zwei Jahren tot und da er keine Lebensversicherung hatte, hatte sie ihn mit auf die alte Farm genommen, die sie mit seiner Rente angemietet hatte. Sie hatte ihn zunächst als Vogelscheuche benutzt, aber mit dem fortschreitenden Verfall hatte er Krähen eher angelockt als abgestoßen. Jetzt saß er neben ihr auf der Veranda, isoliert in einem XXL-Bratschlauch, den sie von einem Zulieferer für Großküchen gekauft hatte. Da sie abgesehen vom Biobauern, der ihr wöchentlich eine Obst- und Gemüsekiste brachte, selten Besuch bekam, war das bisher eine ganz passable Lösung.

Heute aber hörte sie im Anschluss an eines ihrer Lieblingslieder Schritte durch den Garten kommen und sie warf die Wolldecke über Fred und zog den Schlüpfer hoch, um gesellschaftsfähig zu sein. Kurz darauf kam ein junger Bursche durch den kitschigen Efeu-Torbogen, rötliches zerzaustes Haar, Sommersprossen, einfaches weißes Hemd, eine einfache Hose mit Kordel befestigt. Ein Landjunge, wie er gut in ihren Monatskalender im Schlafzimmer gepasst hätte.

Annemarie strich ihre Bluse glatt. Sie war 38 und wohnte als Mörderin größtenteils alleine, aber das hatte ihre Körperpflege nur noch mehr in den täglichen Mittelpunkt rücken lassen. In gewissem Sinne konnte man sagen, dass sie sich hier ihren eigenen Beauty-Salon aufgebaut hatte. Sie wollte für die wenigen Besuche, die sie bekam, gut aussehen.

Entsprechend erfreut bemerkte sie, dass der Bursche freundlich lächelte. Nicht mit diesem „Guten Tag, ich bin ihr Zivi und werde ihnen jetzt die Bettpfanne wechseln"-Lächeln, vor dem ihre Großmutter sie früher bei den Besuchen im Heim gewarnt hatte, sondern ein „Hallo, ich könnte mir vorstellen, mit dir diesen schönen alten Weiden-Schaukelstuhl in seine Einzelteile zu zerlegen und dir die Splitter in den Hintern zu treiben. Also, falls dir das nichts ausmacht, ich bin nämlich geil"-Lächeln. „Hallo", lächelte sie ihn nun an. Es war ein „Tu, was du nicht lassen kannst. Ich hab mir zwar die Haare nicht gemacht, aber das ist nur, weil ich nicht so früh mit dir gerechnet habe"-Lächeln, wie es nur wenige Frauen in Perfektion beherrschten.

Der Jüngling grüßte freundlich, dieses Mal oral. „Sagen Sie, ich glaube, ich habe mich ein wenig verirrt. Ich war im Tal zwischen dem Nippelteller und wollte von dort in Richtung Stadt", sagte er. Annemarie überlegte kurzzeitig. Im Tal war nichts, wo man groß hätte hingehen können, bis auf den Schrebergarten von diesen verrückten Haitianern. Und wie ein Haitianerfreund sah dieser Goldjunge nun wahrlich nicht aus. Nein...Entschieden schüttelte sie den Kopf. „Da bist du hier leider falsch. Aber ich fürchte, du hast dich so gewaltig verfranzt, dass es auch heute wenig Sinn macht, weiterzuziehen. Es dürften locker vier Stunden bis Rammelstadt sein*(es war eine halbe)* und eine solche Strecke kann man ja heutzutage niemanden mehr ohne schlechtes Gewissen nachts durch den Wald schicken. Ich hab einen dicken Pott Hühnersuppe auf dem Herd, vielleicht hast du ja Lust, mitzuessen und dann hier zu übernachten?"

Er nickte und rieb sich wohlig über den flachen Bauch. „Gerne. Aber sagen Sie, wie kommt es, dass so eine hübsche Frau wie Sie hier mitten allein im Wald lebt?"

„Ich bin Biobauerin", antwortete Annemarie.

Der Fremde legte einen Moment den Kopf schief. Schloss man vom Äußeren auf Annemaries Intellekt, dann hielt sie Fotosynthese für die Reproduktion von Polaroids an Drogerieautomaten und baute erfolglos Pellkartoffeln an. Dann lächelte er wieder. „Wie gesagt, ich nehme die Einladung gerne an", sagte er. Sie rückte Fred mit dem Schaukelstuhl an die Wand, bot ihm ihren eigenen an und eilte in die Küche, um zwei große Schüsseln mit Hühnersuppe zu füllen. Sie stellte die beiden Schüsseln auf ein mit Popp-Art bedrucktes Tablett und ging in Richtung Veranda. Nach zwei Schritten drehte sie wieder um, spülte hastig zwei Weingläser von der überfüllten Spüle und stellte sie gemeinsam mit einer Flasche Dom Perignon ebenfalls auf dem Tablett ab. So bestückt trat sie zum Fremden hinaus ins Freie. Sie aßen gemeinsam, dann tranken sie Wein und betrachteten die Sterne, die hier abseits der städtischen Fluoreszenz in vollem Glanz bewundert werden konnten.

„Ich habe ewig nicht mehr draußen geschlafen", seufzte sie nach einer Weile. „Dann sollten wir das heute machen", sagte der Fremde. „Es ist eine schöne klare Nacht und wir können uns gegenseitig wärmen." Sie erschauerte wohlig und spürte ihre Bluse etwas mehr als noch vor wenigen Sekunden.
„Aber das Moos ist kalt und der Weizen ist so kratzig", wand sie ein, bereits bereit, sich zwischen Hafer und Gerste an seinem Maisknödel zu laben.
Er lächelte. „Keine Sorge", sagte er und holte mit diesen Worten ein Miniaturbett aus dem Lederbeutel an seinem Wams. „Ich habe alles dabei, was wir benötigen." Annemarie (den Namen hatte sie sich damals selbst gegeben, um ländlicher zu wirken) beugte sich vor und betrachtete das kunstvoll gemachte Kleinod aus Buche und Stoff. Es schien die perfekte Nachbildung eines zwei mal zwei Meter Boxspringbetts zu sein, das sie schon so oft im Katalog des Dänischen Bettenlagers bewundert hatte. „Das ist schön", sagte sie und kicherte. „Aber ein bisschen klein für uns beide."
„Das ändert sich gleich", sagte der hübsche Landbursche, sprang auf und warf die Miniatur hinab ins Moos. Sogleich rief er: „Bettlein deck dich."

Zuerst geschah nichts und Annemarie fragte sich, ob der Jüngling das Bio-Gras hinter ihrem Haus gefunden hatte. Sie baute das Marihuana aus rein medizinischen Gründen an, mehr als ein, zwei Gramm am Tag nutzte sie nur an Feiertagen. Fred hatte es ihr immer verboten. Umso mehr genoss sie es gelegentlich, ein Stückchen seiner alten Unterwäsche aus dem gemeinsamen Kleiderschrank als Blättchen zu benutzen. Sie hatte die Wäsche mit einer speziellen Stärke behandelt, damit man sie besser drehen konnte, und immer wenn Annemarie einen baute, dachte sie erheitert, dass sie Fred gerade gewaltig Feuer unterm Arsch machte.

Während sie in Gedanken schwelgte, hörte sie mit einem Male ein Knistern, dann knackende Geräusche. Als sie aufblickte und ihre Augen die Verandatreppe hinunter auf das Feld wanderten, traute Annemarie ihnen kurzzeitig nicht. Das Miniaturbett wuchs, drückte das Moos und einige der Weizenhalme platt und streckte sich dem Mond entgegen. Wenige Augenblicke später stand ihr alter Katalog-Traum in Originalgröße im Gras, so, als wäre gerade ein unsichtbarer Möbeltransporter mit Mitarbeitern aus Glas vorbeigekommen, die es aufgebaut hätten und weitergefahren wären. Und das alles völlig lautlos und innerhalb von Sekunden. Annemarie zögerte. Sie hatte heute nur ein Tütchen geraucht, das war zum Frühstück gewesen. Es musste real sein, was da vor ihr passierte. Irrelevant, selbst wenn es nicht real wäre...Sie seufzte kurz, kicherte dann und machte es sich mit ihrer Decke auf dem Traum in Stoff bequem, der vor ihrer Veranda, halb im Moos, halb im Feld, aus dem Nichts aufgetaucht war. Der Fremde ließ sich neben ihr nieder, herrlich entspannt und nicht ansatzweise so fett und alt, wie Fred es gewesen war. Ganz im Gegenteil. Sie drehte den Kopf zu ihm hinüber und besah sein

Sommersprossengesicht, das im Mondschein leuchtete. Er drehte seinen Kopf zu ihr. Sie lagen vielleicht zehn Zentimeter voneinander entfernt, sie spürte seine Körperwärme und hörte seinen ruhigen Atem. Genussvoll wie ein Tütchen White Widow sog sie den Geruch seiner Jugend in sich ein.

Sie wollte es, jetzt. Sie wollte knüppelharten, dreckigen Landfrauen-Sex mit allen Schikanen. Er sollte ihren Schinken klopfen, seinen fleischgewordenen Bohrhammer in ihre Asphaltluke meißeln, mit seinem Rechen ihren Acker furchen, die Feldspritze in ihren Mulch setzen. Und sie würde, inspiriert von dem Märchenfick, neue Rezepte für „Landfrauen kochen" schreiben, wie sie es immer vorgehabt hatte, mit einem Drink und einem Johnnie auf der Veranda, voller Inspiration und neuer Lebensfreude. Er konnte die Felder machen und säen, wozu er Lust hatte. Und sie würden vögeln, dass selbst die Tiere einen Bogen um die Veranda machten, vögeln, dass der Himmel ein neues Sternbild in seine Glanztapete druckte, die fickende Landfrau, 60 Punkte groß mit dem Polarstern als Penisspitze, vögeln bis zum Weltuntergang, ragnarökalisierte Besamungsriten einer neuen Menschengeneration erschaffend. Wenn sie ihn leid war, würde er einen Platz neben Fred bekommen und sie würden fortan zu dritt umziehen, mit einem Trailer in die Alpen, Schafe hüten oder Kühe besamen, irgendetwas in dieser Art.

Ihre Hand glitt seine schlanke Brust hinab, erst zögerlich fragend, dann bestimmt und gierig, entkordelte die Hose, streifte das Baumwollgefängnis hinab und unterzog seine Lendenregion einer Fingerinspektion. Sie fühlte eine große, runde Kugel. Irritiert sah Annemarie hinab, um einen Blick auf den Fleischlümmel zu werfen, den sie so begehrte. Doch sie sah nur ein riesiges Ei, das pulsierte und zu wachsen schien. Er grinste sie an, während er über ihr Haar strich. Sie blickte ihn fragend an, mit einem Male ein wenig ängstlich. Sie lag mit einem jungen Mann, dessen Namen sie nicht kannte und der spätabends mitten aus dem Wald gekommen war, auf einem Boxspringbett, das aus dem Nichts gezaubert worden war, und sein Dreschflegel war eine zu groß geratene Liebeskugel. Sie musste dringend weniger kiffen. Die Situation war erregend, aber ganz und gar nicht das, was sie zu sehen erwartet hatte und ihr zunehmend unheimlich. Er grinste noch breiter und spätestens jetzt wurde Annemarie klar, dass sie demnächst wohl selbst einen Bratschlauch benötigen würde. Oder eine anständige Beerdigung. Aber sie begriff auch, dass sie wohl beides nicht bekommen würde.

Sie nahm die Hand von seinem Ei und wich zurück, um aus dem Boxspringbett zu gelangen. Als ihre Hände zitternd nach hinten griffen, trafen sie auf Widerstand. Annemarie drehte sich um und schrie auf. Das Bett war weiter gewachsen. An der Seite hinter ihr hatte sich eine Käfigwand gebildet, etwa zwei Meter hoch. Dieses Hindernis wäre wohl selbst für ihre Lieblings-Wrestling-Helden, deren brunftige Balzkämpfe sie so gern im Fernsehen verfolgte, unüberwindbar gewesen. Sie war gefangen. Annemarie rüttelte an den Gitterstäben, die sie von der Veranda trennten, von ihrer lieben Veranda, und Fred, bei dem sie jetzt bereute, ihm vor zwei Jahren den Zyankali-Schnaps zum Verdauen und Verrotten gegeben zu haben. Als sie sich tränenüberströmt umdrehte, lag der Jüngling nicht mehr, sondern hatte sich hingekniet und seine Hände gen Italien geführt. Das Ei zwischen seinen Fingern leuchtete nun gelb und bläulich und war groß wie eine Wassermelone.

Das letzte, was die falsche Landfrau in ihrem Leben vernahm, war seine zarte Stimme, die nun in letal-erigiertem Tonfall sagte: „Knüppel aus dem Sack". Dann schoss ein unwahrscheinlich großer Schwengel aus dem Ei auf Annemarie zu, deren Geist der Panik zum Opfer gefallen war, und prügelte sie zu Mutterkuchen.

17 Schneewixchen und Dosenrot

Es war mittlerweile Nacht geworden und Horst hatte keine Sekunde mehr an Trude gedacht. Auch jetzt, als er friedig-penetri-archisch und lustentladen die Straße entlang flanierte, hatte er keine Sekunde lang mehr das Bild der Marketenderin im Kopf, die so oft barbusig mit ihm Karten gespielt und seinen Oldtimer poliert hatte. Neben ihm tänzelte der Schluckmaster 2000 durch die Straßenlampendämmerung. Sie waren noch nicht weit gekommen, als die kleine männliche Elfe die spitzen Ohren aufstellte und mit einem Mal nervös zu werden schien. Offenbar hörte er etwas, das ihm Respekt oder sogar Angst bereitete. Horst blieb stehen und betrachtete seinen kleinen Gefährten. Die männliche Elfe wirkte wie ein bulimischer Golden Retriever, der Essbares gewittert hat und noch nicht genau weiß, ob er fressen oder direkt kotzen soll. Kurz darauf hörte auch der rüstige Rentner das unbekannte Geräusch-Ensemble. Es war ein Hämmern und Hobeln und gleichzeitig ein Schleifen und Schnaufen, ein Knistern und Klabustern. In der unbeleuchteten kleinen Nebenstraße, die seitlich von ihnen abging und nach wenigen Metern als Sackgasse an einer Mauer endete, zeigte sich die Quelle der Geräuschkulisse. Ein Pärchen war gerade dabei, im Dark Room der Städteplanung mit ekstatisierten Körpern die Mülleimer zu zerlegen. Noch ausgepumpt, aber durchaus neugierig wagte Horst einen Schritt in die nicht sonderlich breite Abzweigung. Die vielen neuen Eindrücke und sexuellen Erfahrungen des Tages hatten ihn offen für Neues gemacht. Er bemerkte nicht, dass der Schluckmaster 2000 beim Blick auf die Gestalten wimmerte, dann verängstigt rückwärts taumelte und sich hinter dem nächsten Straßenschild versteckte.

Im spärlichen Licht der reflektierenden Mülltonnen gewahrte Horst, mitten auf Müllresten gebahrt, die Schatten zweier Frauen, verstrickt in einen animösen Scherenkampf. Als sie ihn bemerkten, rappelten sie sich auf und klopften verlegen die Fischgräten von ihren Kleidern. Er holte die Draglight aus der Tasche und beleuchtete die Schuhe der beiden. Es waren die reinsten Prinzessinnen-Pantoletten, die da auf zerrissenen Kaffeepäckchen, einer Zeitung vom Wochenende, Mandarinenschalen, den bereits erwähnten Fischgräten und einigen anderen weggeworfenen Dingen standen. Horst räusperte sich, um eine tiefe, verführerische Stimme gewährleisten zu können. Jetzt, wo der Schluckmaster 2000 den Raucher-Rotz abgesaugt hatte, konnte er wieder mit dem alten, verführerischen Timbre des Radiomoderators und Werbesprechers sonieren, der er einst gewesen war.

„Also, Ladies, ich muss schon sagen", sagte er dann in einem tiefen E, „in einer solchen Gasse solche Schätze zu entdecken erwartet man nicht unbedingt." Die blauen Augen wandten sich ihm zu, während die Mischaugen sich abdrehten. „Welch hübsche Stimme du hast, Fremder. Und deine Worte schmeicheln unseren Ohren, wie es die reinste Symphonie nicht vermochte." Horst wurde rot, was ihm seit gefühlten zehn Jahren nicht mehr passiert war. Seine Gegenüber fügte kichernd hinzu: „Dabei musst du wissen, hast du ja noch gar nicht alle Schätze gesehen." Er zwang sich nicht zu sabbern und trat einen Schritt auf die beiden zu. „Nun, bei jeder Scherenarbeit wird ab und an eine Tube Kleber benötigt, und die möchte ich nur zu gerne bereit stellen."

Sie lächelte beinesk und lüftete den Rock. Kurz darauf parkte Horst seinen Dodge in ihrer Garage, fuhr fröhlich vor und zurück, genoss einen Moment den Leerlauf und ließ dann den Motor ordentlich aufheulen, während er immer wieder gegen die Rückwand bretterte. Die Orgasmik des Augenblicks vernebelte ihm die Sicht und als er zu seiner Spezialität aus früheren Jahren, einem eingesprungenen und leicht verwinkelten Dreh-Hub-Stoß ansetzte, gefror er. Und das wortwörtlich. Er spürte, wie sich von der Spitze über den Schaft eine nie gekannte Kälte ausbreitete, die sich in die Beine fortsetzte. Mit offenem Mund und geweiteten Augen sah er an sich hinab und brachte ein ersticktes Quietschen heraus, als er sah, dass er hüftabwärts nur noch aus Eis zu bestehen schien. Die Frau mit dem G-Frier-Punkt drehte sich zu ihrer Begleiterin um. „Bisschen Sorbet, Honey?"
Dosenrot grinste ihr zu und leckte sich die Lippen. Dann hob auch sie den Rock. Horst begann zu schreien, als er ein hungriges Maul aus ihrer Horizontalen in die Höhe emporwachsen sah, einer fleischfressenden Pflanze nicht unähnlich, aber weitaus hässlicher, uralt und bittermöse. Seine letzten Atemzüge gewahrten ihm den widerlichen Geruch von stark verwesendem Fisch. Dann wurde ihm der Kopf abgebissen.

Während Schneewixchen mit einer Bewegung das Kleid aus Schnee abstreifte und sich mittels einer Flasche Markenwasser, die sie in einem Container erspäht hatte, ein neues, fleckenloses Kleid frieren ließ, prüfte Dosenrot den Orgasmo-Saver.

„Nicht schlecht, drei kleine Nümmerchen und wir sind schon bei 100 Prozent", staunte sie und warf ihrer Gespielin einen anerkennenden Blick zu. Schneewixchen leckte sich die Lippen. „Dann sollten wir wohl dem Portal einen kleinen Besuch abstatten und danach die nächste Seitengasse aufsuchen", grinste sie. Mit vorsichtigen Schritten tippelten die beiden Märchengestalten, nun wieder völlig in der Rolle unschuldiger Mädchen, über die Müllberge und eilten dann aus der Sackgasse hinaus, dem Rammelstädter Westen und somit der nächstliegenden Grenze zum Wald entgegen. Sie bemerkten nicht, dass sie beim Verlassen der Sackgasse an einer kleinen zitternden Elfe vorbeikamen, die sich hinter einer Reklametafel für ein neues Parfüm versteckt hatte.

Der Schluckmaster 2000, mit bürgerlichem Namen Graspian Eichelstolz, hatte alles mit angehört. Sein Besitzer war tot, und offenbar drangen Märchenfiguren in die Welt, um Orgasmus-Energie abzusaugen und seinem Volk, den Saugelfen, die Lebensquelle zu entziehen! Oh mein Gott
oh mein Gott
oh mein Gott
/oh mein Gott
/oh mein Gott oh mein Gott
oh mein Gott
oh mein Gott
oh mein Gott oh mein Gott
/oh mein Gott oh mein Gott

oh mein Gott
oh mein Gott
oh mein Gott
/oh mein Gott
oh mein Gott
/oh mein Gott
/oh mein Gott
oh mein Gott
oh mein Gott
/oh mein Gott oh mein Gott...

Mit einem kleinen Klaps an die Festplatte brachte sich der Hybrid wieder in die Spur und beendete das Panikprogramm. Dann spannte er seine kleinen Flügel, rannte einige plumpe Schritte und sprang mit entschlossenem Gesicht vom Bordstein ab.

Einen Meter weiter bremste er seinen Sturz mit der Nase ab. Er hatte wieder einmal vergessen, dass er mit der implantierten Technik zu schwer zum Fliegen war. Schöne Scheiße. Zum Hort zurückzukommen konnte er vergessen. Außerdem war er nicht sicher, wie die Nativen auf ihn reagieren würden. Und Dr. Lavoir würde ihn wohl nur wieder einsperren, um der Fellatio GmbH nicht so kurz nach der Öffnungsfeier von Fehlern in der angeblichen Fabrik-Produktionslinie Saugmaster 2000 erzählen zu müssen. Graspian Eichelstolz grinste bitter. Als sein Clan der Wulstlippen mit Lavoir den Pakt eingegangen waren, hatte sie ihnen in Aussicht gestellt, sie mit moderner Saugtechnik zu versehen und einen sterilen, warmen, diebstahlsicheren Ort für ihre Kommrotzwaben bereitzustellen. Stattdessen hatte sie ihnen elektronische Implantate eingesetzt, die sie an der Flucht hinderten, bis sie verkauft wurden. Zudem hatte sie die Technik so schwer gemacht, dass die Saugelfen nicht mehr fliegen konnten. Eine Form der Sklaverei, die sie sowohl von Flucht- als auch von Paarungsflügen abhielt. Das machte die Saugelfen so orgasmusabhängig, dass sie daraufhin meist freiwillig bei den neuen Besitzern blieben. Wohin hätten sie auch gesollt? Der Hort war ohne Flügel unerreichbar weit weg – und selbst hier in Rammelstadt wuchsen die Orgasmen noch nicht auf Bäumen, sah man einmal von den selten gewordenen Stöhneschen ab. Dr. Lavoir war also keine Option, selbst, wenn Horst, seine Quelle, versiegt war. Blieb ihm nur noch eins. Er, Graspian Eichelstolz, musste auf eigene Faust handeln, um die Existenzbedrohung seiner Rasse, nein der ganzen Welt zu stoppen.

18 Mittelalterliche Mentalpenetrationen

Sie saßen im Bus nebeneinander. Hinten, auf den seitwärts ausgerichteten Plätzen, wo man ausreichend Bein-Freiheit hatte. Draußen war es für die Jahreszeit ungewöhnlich kalt, er war entsprechend froh, im Warmen zu sitzen. Neben ihm saß ein Mann Mitte 30, die Haare mit einem feschen Undercut in Form gebracht, Hemd, Jeans, irgendwelche Schuhe. Wer achtete schon auf Schuhe? Lukas Zagel jedenfalls nicht. Er war Ende 20, Geschichtsstudent, der vergessen hatte, in welchem Semester er genau war und arbeitete als Eichentänzer im Kitzlerkeller.

Die Körperwärme von Fremden im Bus hatte er schon immer genossen. Aber von diesem Fremden strömte Wärme in einer Intensität aus, die Lukas das Wort „Aura" durch den Kopf schießen ließ. Es war eine Aura, die der eines auf die Erde gekommenen Engels gleichen musste, irgendwo zwischen Brad Pitt und einem Michelinmännchen mit Flügeln. Red Bull mit Hackfleischaroma. Lukas sabberte leicht und schrak über seine Gedanken zusammen. Beherrsch dich, Zagel, dachte er, das ist auch nur ein Kerl. Seine Ex-Freundin hatte immer vergeblich darauf gedrängt, ihn gemeinsam mit ihrem Professor für Sinologie in die Dusche zu bekommen. Lukas hatte immer abgelehnt, weil der Professor in seinen Augen nicht sonderlich attraktiv aussah und er obendrein keine Lust hatte, dass jemand seine Sexlaute auf Chinesisch übersetzte. Wie kam er jetzt nur auf diesen Professor? Es musste eine mentale Ablenkungstaktik seines Kleinhirns sein. Dieser Typ neben ihm, der hatte eine Anziehung, die er sich nicht erklären konnte.

Lukas faltete die Hände vor der Stirn, so dass nicht jeder seine Augenbewegungen verfolgen konnte und ließ seinen Blick vorsichtig und möglichst unauffällig auf die Hose des Banknachbars hinunter gleiten. Es war eine Jeans der Mittelklasse, Modell Slim 571, worn black mit leichter Bleiche. Im distalen Ansatzbereich wurde sie von zwei prallen Waden gefüllt, die Männlichkeit, Stärke und... Lukas suchte nach Worten. Ja. Sie vermittelten Anschmiegbarkeit und noch mehr als das: Sie schienen eine einzigartige Bindegewebsstruktur zu besitzen, ein fasziales Gewebe der Extraklasse. Schmiege-Sex in Muskeln gepresst.
Lukas verspürte den Wunsch, durch die Slim 571, die darunterliegende Haut und das vermutlich nur geringe subkutane Fett ins Bindegewebe des Fremden zu diffundieren, den Gastrocnemius, den zweiköpfigen Wadenmuskel zu streichen und über den Soleus zu rutschen. Er drängte, die Membrana Interossea zwischen Tibia und Fibula mit sei-

nem Schwengel zu sprengen und im frei werdenden Raum eine Mietwohnung einzurichten, um die umliegenden Fasern zu pflegen und Liebeslieder über die Stereoanlage seiner errichteten kleinen Wohnung ins Netz der Muskelfasern zu schicken. Einmal die Woche würde er über die Venen ins Herz fahren, eventuell danach durch den Lungenkreislauf schwimmen, die Alveolen passieren und sich von seinem Schwarm in die Drogerie spucken lassen, um Vollwert-Müsli für sie beide zu kaufen. Aber diese Waden, oh mein Gott, diese beinischen Muskelträume, eine im Stakkato der Techno-Rhythmen seines Kopfhörers rhythmisch kontrahierende Voluminal-Erotik der Stoffspannung. Lukas war hart und verlagerte präventiv die Beinstellung, aber er spürte, dass es nichts nutzte und er seine Leidenschaft zur Busdecke kanonieren wollte. Und dann war es soweit. Er schloss die Augen und verdrehte hinter den Lidern die Pupillen wie ein wild gewordenes Okular-Karussell, stemmte die Füße in den brummenden Busboden – und sah sich nach der im Mental-Zeitraffer gespielten „Ode an die Freude" beschämt um, als er fertig war. Aber da war nichts. Das, was ihm gerade widerfahren war, fühlte sich unglaublich...falsch an. Und vollkommen surreal. Eine offenbar ziemlich realistische Einschätzung, denn er war nach wie vor staubtrocken, wie er feststellte. Lukas sah verwirrt um sich. In diesem Moment erhob sich der Fremde grinsend und verließ den Bus an der nächsten Haltestelle. In der Hand hatte er eine Gerätschaft, die Lukas leicht an die Energieanzeigen im Intergenitalexpress erinnert hätten, hätte er sie bei dem Fremden gesehen und wäre er schon einmal im Intergenitalexpress gewesen, in dem Chris Adam soeben die Flucht aus der Abenteuer-Suite ergriffen hatte und nun einen Moment unschlüssig auf den langen Fluren mit den golden spermierten Zimmertüren

verharrte. Es hätte ihn an die Schilderungen des aufgereg-
ten Graspian Eichelstolz erinnern können, der gerade noch
fieberhaft überlegte, ob er vielleicht doch einen Verbünde-
ten im Kampf um das Schicksal seiner Rasse wusste und
vermutlich auch an das Gerät, das Wolfgang Möserich in
der Brusttasche seines lässig übergeworfenen Bau-
markt-Polos mit sich trug, während er gerade in der Rammelstädter Nordstadt das Altenheim Zimmer für Zimmer
durchforstete und bereits drei Wackersteine leichter war.
Aber all das war nicht der Fall, und so nahm er an, der
Mann mit den einzigartigen Waden hätte ein Handy in der
Hand. Er überlegte gerade, ob er ihm seine Nummer nach-
rufen sollte, als sich die Bustüren schlossen und den Fremden von der Schwärze der Nacht verschlucken ließen.

Der Junker, mit Namen und Titel Eduard II., hatte das
klassische Märchen mit seinen homosexuellen Handlun-
gen nie erreicht, aber es gab ab dem 14. Jahrhundert Sagen
und Schwänke mit seinem Namen, die zu erzählen sich ge-
lohnt hatten. Das Portal, das sich mit einem Mal in der
Märchen- und Sagenwelt geöffnet hatte, hatte auch er daher allzu gern durchschritten und sich in einem Wald nahe
einer kleinen Hütte wiedergefunden. Ein gewisser, auffal-
lend behaarter Freiherr von Möserich hatte ihm nach seiner Ankunft auf der anderen Seite den Orgasmo-Saver
übergeben und ihn über die Entwicklungen der Moderne
aufgeklärt. Danach hatte Eduard seinen Marsch durch den
Wald begonnen und schließlich Lichter am Horizont entdeckt. Nach einem Besuch bei Barbier und Schankwirt
hatte er begonnen, das moderne Nachtleben zu erkunden.
Jetzt verließ er summend die zu groß geratene Kutsche, in
der er dem Jüngling per Knopfdruck die Lust abgesaugt
hatte, und setzte seinen Weg in das Bordellviertel fort. Ir-

gendwo hier musste es ja ein paar Knaben geben, die das Beisein eines Reitersmannes zu schätzen wussten.

19 Der Lebkuchenmann

Antje Slikkengood drapierte kleine Nuss-Schoko-Törtchen auf dem samtbezogenen Fenstersims ihres Liebesmobils. Sie stellte sie jedes Mal in einer anderen Reihenfolge auf; heute in derjenigen, die den aufsteigenden Quersummen ihrer mit Primzahlen korrelierten Lieblingssorten entsprach: Crunchy, extra crunchy, dezent crunchy, Sahnetraum, Doppel-Zuckerguss, Vanillemandel, Weihnachtsnuss, Triple-Chocolat, Paranusslikör, Mokkapistazie, Moppelplunder, Proteingratinierte Haselnuss und Tarte au Nussolat. Daneben postierte sie einen mit Glitzersteinen versehenen Spuckeimer und den Slikkengoodschen Oral-Magenpömpel, den sie selbst entwickelt hatte. Slikkengood war bulimische Diabetikerin und musste auf ihre Broteinheiten achten. Hätte sie mehrere dieser Törtchen gegessen und verdaut, sie wäre wohl binnen kürzester Zeit gestorben. Da sie zugleich aber eine passionierte Bäckerin mit Leidenschaft für Nusstörtchen war und diese genauso gerne naschte wie sie sie buk, hatte sie das Törtchenritual entworfen. Der Appetitlichkeit halber verschonte sie Neugierigen gegenüber die genauen Details der Prozedur; sie nannte sie schlicht „den ösophagealen Kreislauf des Zuckers".

Nachdem sie sich etwa 20 Minuten lang der hochkalorischen Patisserie-Zirkulation gewidmet hatte, trat sie auf den Wanderparkplatz nördlich von Rammelstadt hinaus. Sie überquerte den Parkplatz hinüber zum nächsten Gebüsch und leerte den Eimer dort mit der mimischen Imitation eines Burgfräuleins auf dem Abort. Dann blieb sie einige Sekunden stehen und lauschte. Ein leichtes Rauschen war zu hören. Großartig, dachte sie. In der Nähe musste ein Bach sein. Wie geschaffen, um die mit Zucker angereicherte Restamylase in ihrem Mund nachhaltig zu entfernen.

Während sie ebenfalls möglichst höfisch (Slikkengood war ein Fan der altdildoischen Burgfräulein-Geschichten) mit kleinen Trippelschritten in Richtung des Rauschens tänzelte, blickte sie zurück auf den leblosen Körper des Kriminellen. Sie hatte ihn sich nach längerer Beschattung hier im Nichts vor ihrem eigentlichen nächsten Auftrag vorgenommen. Er war ein gesuchter Käseradfälscher gewesen, der die großen Bries, Emmentalers und Gorgonzolas des Käsionismus makellos nachgestellt und zu Schleuderpreisen auf den Kunstmarkt gebracht hatte. Der Käsionismus war eine Kunstform, die eine möglichst ästhetische Formung und Reifung von Käse in ihren Mittelpunkt gestellt hatte. Da die meisten Menschen für eine Wertsteigerung ihrer Sexualkontakte mittlerweile auf fettes Essen verzichteten, waren die
Käseräder seit einigen Jahren zu Ladenhütern geworden. Um aus der Not ihrer Zunft eine Tugend zu machen, hatten die Käseproduzenten ihre Produkte schlicht zu Kunstwerken deklariert. Unter den Snobs war es in der Folge ein gängiger Trend geworden, sich ein stilvoll goudiertes oder parmesiertes Rad in einer Vitrine aufzubewahren oder an kalten Tagen Duftkäse aufzustellen, der zumindest das Aroma des offiziell verpönten, insgeheim aber schmerzlich vermissten Molkereiproduktes im Raum verteilte. Antje Slikkengood hatte die Hysterie um das Fett nie nachvoll-

ziehen können. Zusätzlich zu den Effekten ihrer bulimischen Neigung betrieb sie seit Jahren eine kohlenhydratarme Diät und das funktionierte für ihre Figur bestens. Im Mittelpunkt des Teils ihrer Ernährung, den sie sich bis zur Verdauung gestattete, standen zunächst Käse, Fleisch und Vitaminpräparate zur Nahrungsergänzung. Später erweiterte sie diese Kost durch Proteine, die sie während ihrer Arbeitszeiten zu sich nahm. Sie hatte nämlich bei einer Internetrecherche herausgefunden, dass Sperma neben Proteinen einige wichtige Vitamine sowie Oxytocin und Adrenalin enthielt – es also in der richtigen Dosierung glücklich und wach machte. Sollten die Snobs doch Käse zu Kunst machen. Sperma war Slikkengoods Kaffee-Ersatz. Ihr Blick wanderte nur flüchtig über den zusammengesunkenen Körper. Der Fälscher hatte sich mit einem Koffer voll Geld nach Rammelstadt absetzen wollen, um Sommerurlaub zu machen. Auf dem Parkplatz hatte sie ihn neugierig gemacht, die rote Außenbeleuchtung des Vans angeschaltet, ein Schild mit der Aufschrift „free gulps" aufgestellt und gewartet. Nach zwei Minuten des Zögerns hatte er sich herangetastet wie ein Eichhörnchen, das sich langsam an dargebotene Haselnüsse pirscht, zögernd den Kopf in die Tür gestreckt und schüchtern gegrüßt. Sie hatte ihm einen Kaffee mit französischer Begleitung angeboten, damit er durch das Getränk abgelenkt war. Die ersten paar Sekunden hatte er es schön gefunden, wie eigentlich immer. Slikkengood seufzte verträumt. Sie konnte sich einfach nie beherrschen.

Der Proteindrink eines Mannes besteht in der Regel aus einem Teelöffel Glücksgelee. Mit wachsender Erfahrung im Gewerbe hatte Slikkengood einen guten Durst entwickelt, der dazu führte, dass sie gerne das 20fache vom Normalen trank. Da die Kapazität des Volumenverlustes beim männliche Hoden aber nur bei dem etwa 12fachen lag, sackte das Skrotum in sich zusammen, die Blut-Hoden-Schranke, eine molekulare Barriere in der Basalmembran, versagte ihren Dienst und ... Nun ja. Man musste ja auch früh genug den Mund vom Schlauch nehmen, wenn man bei einem parkenden Auto das Benzin ablassen wollte. Einem der wenigen Rammelstädter, die sowohl mit Musch als auch mit Slikkengood verkehrten (streng genommen gab es da nur Leutnant Hard Longdong, auf den diese Beschreibung zutraf) dürfte auffallen, dass sich die Sexual-Kampfstile der beiden Frauen stark ähnelten; mit dem Unterschied, dass Slikkengood selbst es war, die die tödliche Dosis absaugte, und dass sie im Gegensatz zu den drei Aliens keinen besonderen Geschmack an Blut zeigte. Als der Käseradfälscher Augen verdrehend zusammengebrochen war, hatte sie vorausschauend mit einer Rolle Zewa bewaffnet rote Spritzer auf ihrem Tigerplüsch verhindert, den Mann nach draußen gezogen und seinem Schicksal überlassen. Die Fructose hatte ihr dieses Mal allerdings eine bebende Lust nach noch mehr Zucker beschert, so dass sie gebacken und das Törtchenritual durchgeführt hatte. Für Reisen führte Slikkengood alle für die Nuss-Schoko-Törtchen benötigten Zutaten und Grundteige fertig vorbereitet in einem eigens dafür angeschafften Kühlschrank mit sich. Dies ersparte ihr unnötig lange und aufwändige Vorbereitungen.

Der Fälscher hatte mittlerweile das Bluten eingestellt. Sie würde auf dem Rückweg einen Eimer Wasser aus dem Bach mitnehmen und den Parkplatz säubern, diese Schweinerei war ihr peinlich. Wenn Musch das sehen würde... Sie würde sie wieder eine hemmungslose Barbarin nennen – und Frustessen konnte sie sich heute nicht mehr leisten, das machten ihre Broteinheiten nicht mit. Sie betrat den geschlängelten Pfad durch das Buschwerk und gelangte nach wenigen Metern an eine kleine Holzbrücke, die über einen murmelnden Bach führte. Vergnügt sprang sie die Steine zum Ufer hinunter. Sie hatte mit einem Blick erkannt, dass die quadrierten Durchmesser der Steine sich zu diversen Grundformeln der Genitalmathematik reihten und diese Ordnung im Chaos bereitete ihr Freude. Slikkengood war ein mathematisches Genie. Allerdings glich ihre Fähigkeit einer Inselbegabung, war sie doch sonst eine eher einfach gestrickte Persönlichkeit. Die von ihr entwickelte Slikkengoodsche Genitalmathematik ließ aber einen beträchtlichen Umfang an mathematischen, physischen und körperlich orientierten biologischen Problemen sowie die Backkunst zum reinsten Kinderspiel werden. Mit ihrer Hilfe konnte sie sich auf diesen Fachgebieten so sicher bewegen wie nun auf den funkelnden Kieseln, über die sie tänzelte, um zu einem kleinen, zum Hauptweg hin versteckten Uferbereich zu gelangen. Dort angekommen kniete sie sich nah an das Wasser heran und begann, ihre zuckerhaltigen Wangen mit dem Bachwasser auszuspülen.

Während sie gurgelte und spuckte, hörte sie mit einem Mal kleine, schnelle Schritte, dann wiederholte Schreie, die einen kuriosen Singsang bildeten. „Rennt, rennt, so schnell ihr es könnt! Niemand fängt und packt mich an, ich bin der Lebkuchenmann!" Sekunden später rannte ein kleines braunes Männchen mit seitlich ausgestreckten Armen und einem Riesenständer in irrwitzigem Tempo über die Brücke und an Slikkengood vorbei. Auf der anderen Seite setzte es, den Waldboden aufwirbelnd, in einem großen Halbkreis zum Wendespurt an und rannte dann zurück. „Rennt, rennt, so schnell ihr es könnt! Niemand fängt und packt mich an..." Der Lebkuchenmann brach ab, als er kurz vor der Brücke das kleine Ufer und Slikkengood entdeckte. Dann änderte er seinen Kurs mit einem kleinen Linksknick, raste die Böschung hinab und hüpfte über die Steine.

Vor Slikkengood blieb er stehen. Wobei das zu viel gesagt wäre: Er tänzelte auf der Stelle und beendete lediglich die rapide Vorwärtsbewegung. Sie sahen sich in die Augen, wobei ihre Blicke einen gegenläufigen Auf-Ab-Stakkato durchführen mussten, da er ja nicht auf einer Höhe blieb. Er war ein etwa eineinhalb Meter messender Pygmäe, der seltsam braune Haut hatte, auf der weiße Muster abgebildet waren.

Nein, keine Haut, verbesserte sich Slikkengood verblüfft, als der Wind drehte und ihr Zimt und Sternanis, ein Hauch Ingwer, etwas Muskatblüte, Fenchel, Kardamom und Koriander, eine Prise Anis, zwei Gewürznelken, Piment und Muskatnuss in die Nase stiegen: Teig. Teig mit einer perfekten Mischung für Lebkuchengewürz. Als Longdong ihr erzählt hatte, dass es sich um einen Code 69 handelte, hatte sie das für unmöglich gehalten und war mit der Erwartung eines paranoiden Fehlalarms des Leutnants nach Rammelstadt gereist. Jetzt war sie ihrer Sache nicht mehr sicher, zumal ihr auch Zuckergussduft um die Nase schmeichelte. Ihr Gegenüber tänzelte weiter auf der Stelle und wartete auf eine Reaktion von ihr. Als diese nicht kam, blieb er stehen. Daran, dass er nun wild mit der Hüfte ruderte und seinen Ständer wie eine Schiffsschaukel wippen ließ, erkannte sie, dass er an einer Hyperkinese litt. Oder an ADHS.

„Öy Puppe", brüllte er jetzt, obwohl er kaum einen Meter entfernt stand. „Heute schon ne Printe zwischen den Kiemen gehabt?" Slikkengood grinste. Sollte es wirklich eine der Märchenfiguren sein, wollte sie austesten, zu was sie fähig waren. Und ansonsten – sie zuckte mit den Schultern und sah ihn an. „Warum hast du Zuckerguss am Körper?" „Und warum trinkst du Bachwasser?", brüllte er zurück. „Na, dann blas ich dir mal einen", lachte sie. Er verlagerte das Schlenkern auf seine Arme. „Saugt und blast im dunklen Tann, ich bin der Lebkuchenmann! Oh, geil!!!" Die Printe war hart, aber durchaus mundfreundlich geformt. Ein schönes Stück Bäckerkunst, und Antje Slikkengood ließ die Geschmacksknospen spielen und die Lippen vibrieren, wie sie es in der Berufsschule gelernt hatte. Der Lebkuchenmann verlagerte die Bewegung wieder in den Beckenbereich und packte sie mit den Händen am Hinterkopf. Sie wiederum griff ihm an die Pobacken. Erst jetzt stellte sie verwundert fest, dass er abgesehen von seinem üppig proportionierten Genital und seinen Händen eher zweidimensional flach geformt und gebacken war. Sein Körper fühlte sich altbacken an und sein Händedruck wurde fester, dann krallten sich seine Finger in ihre Haare. „Oh, Baby", brüllte er und die Printe begann zu feuern. In diesem Moment wusste Antje Slikkengood, dass sie einen Fehler gemacht hatte.

Eine handelsübliche Portion Kommrotz beinhaltete einen Fructosegehalt von einem Milligramm pro Milliliter, also beim Rammelstädter Durchschnittsschuss in etwa 10 Milligramm. Da sie nicht immer (die Kunden sollten ja am Leben bleiben), aber gerne das 2ofache zu sich nahm, entsprach das 200 Milligramm. Dies war eine zu vernachlässigende Größe in ihrer Tagesbilanz: Als schlanke Diabetikerin konnte sie etwa 40 Gramm Zucker pro Tag ohne Probleme konsumieren. Selbst, wenn sie das Törtchenritual durchführte, was durch die ausgeklügelte Systematik des ösophagealen Zuckerkreislaufs nur etwa 30 Gramm Zuckeraufnahme bedeutete, konnte sie also ohne anderweitige Nahrungsaufnahme theoretisch noch weit über 50 Kunden betreuen. Das hier war aber kein Protein-Fructose-Gelee, das sie so gerne als ihre diätetische Nahrungsergänzung nutzte. Antje versuchte, den Griff seiner Hände zu lockern, aber er hielt sie fest umklammert, während er feuerte und feuerte. Sie wurde panisch. Das war kein Sperma. Es war Zuckerguss.

Mit einem Aufbäumen riss Slikkengood dem verdutzten Pygmäen kurzerhand die Arme ab. Dies gelang ihr leicht, denn während die starken Hände gut ausgeprägt waren, war das Schultergelenk am zweidimensionalen Körper marginal befestigt. Dann stieß sie den Lebkuchenmann mit verbleibender Kraft vor die Brust. Dieser wankte, stolperte rückwärts und fiel in den kleinen Bach. „Ich bin der brblblblblr", gurgelte er noch, während sein Körper sich rapide aufzulösen begann und das Wasser die Zuckermoleküle zersetzte. Antje Slikkengood fiel keuchend auf die Knie, dann tastete sie an ihren Gürtel, um den slikkengoodschen Oral-Magenpömpel zu benutzen. Sie erstarrte, als ihre Hand ins Leere griff. Die für sie mit einem Mal lebenswichtige Saugpumpe lag noch auf dem Fenstersims ihres Liebesmobils. Sie hatte ihn eigentlich im Bach säubern wollen, ihn aber offenbar vergessen. Panisch versuchte sie, aufzustehen und die Steine hin zur kleinen Brücke zu überqueren. Sie rutschte auf den nassen Kieseln weg und fiel vornüber mit dem Kopf direkt neben den Lebkuchenresten ins Wasser, atmete im falschen Moment und schluckte hochkonzentriertes Zuckerwasser. Antje Slikkengood riss den Kopf zurück. Aber sie fühlte nun Müdigkeit in sich aufsteigen. Sie hielt sich die Hand vor den Mund, hauchte hinein und beroch das Ergebnis. Das Aceton war deutlich wahrnehmbar, ein typisches Anzeichen für ein einsetzendes diabetisches Koma. Während sie langsam vornüber sank und begriff, dass sie nun sterben würde, zog vor ihrem geistigen Auge nochmals ihr Leben an ihr vorbei.

Es war einmal eine Stadt in der Nachblüte des industriellen Aufschwungs. Die Hoffnung des Zeitalters war verflogen, der einstige Glanz war mittlerweile von Billig-Shops, Verfall und Arbeitslosigkeit getrübt. Die Stadt teilte sich in zwei funktionale Hälften; einem Wohn- und Einkaufszentrum und dem Bordellviertel, dessen Straßennamen die Geschichte einer Zunft erzählten. Da gab es die Dirnengasse mit ihren Busenbalkonen und Bumsbalustraden, die Analallee, die von der Stripstraße gekreuzt wurde, den Wollustweg mit mehreren Wichsanlagen – das Bordellviertel war eine nach wie vor florierende Meile der körperlichen Dienstleistungen. Da die Industrieproduktion dagegen nach den ersten erfolglosen Kriegen von Ovum zum Erliegen gekommen war, waren die Männer größtenteils arbeitslos. Ihre Frauen nutzten die Verdienstmöglichkeiten im anderen Teil der Stadt. Weil nun die Männer ihrerseits ja nichts mehr zu tun hatten, kehrten sie dort regelmäßig ein. Das hatte kuriose Folgen: Männer bezahlten ihre eigenen Frauen für Sex, teils auch, ohne es mit betrunkenem Kopf zu merken. Anderen fiel auf, dass sie seit Jahren Nachbarn waren. Irgendwann hatte die Stadt, deren Namen in den Chroniken nicht eindeutig belegt ist, den sinnlos gewordenen monetären Kreislauf satt und änderte seine Zahlungsmittel radikal. Fortan gab es die Einheit Bums, die sich wiederum aus fünf Blas zusammensetzte. Ein Blas entsprach je nach aktuel-

lem Wechselkurs drei bis vier Wichs, die wiederum entsprachen drei Blick. Den Erzählungen nach existierten in den Anfängen der Währungsreform weitere Einheiten wie Schluck, Po und Tantra, die sich aufgrund wenig praktikabler Umrechnungstabellen aber nicht längerfristig durchsetzen konnten. Das Fehlen einer außerhalb der Stadtgrenzen einsetzbaren Währung hatte mehrere Konsequenzen. Zum einen wurden die Bewohner langfristig an ihre Lebenssituation, die Frauen dauerhaft an ihre Arbeitsstellen gebunden. Auch die Männer mussten zunehmend Schichten übernehmen, um das Einkommen der Familie zu decken. Taschengeld wurde nicht mehr gezahlt. Zum Zweiten diktierten die wenigen verbleibenden Lebensmittelgeschäfte die Preise. Diejenigen, die sich alte Münzen aufgehoben hatten, wurden gottgleich verehrt; sie hatten in ihren alten, ledernen Portemonnaies die einzigen, klimpernden Passagierscheine in die Welt außerhalb der Stadtmauern. Der Legende nach entstand in dieser Stadt der Brauch, Verstorbenen Münzen auf die Augenlider zu legen, um den Fährmann zu bezahlen. Als historisch gesichert gilt, dass in den Jahren zehn bis zwölf der neuen Zeitrechnung die Stadt von Urk dem Verwirrten regiert wurde, der als Landstreicher mit einem Hut voller Münzen auf der Durchreise gewesen war. Mit diesem Reichtum stellte er sogar die bisherigen Stadtgötter in den Schatten und erhielt, für ihn unverhofft, große Macht. Da Urk keine sonderlich weisen Entscheidungen traf, wurde er nach drei Jahren Amtszeit gegessen (durch den fehlenden ausreichenden Lebensmittelhandel hatte sich Kannibalismus in der Stadt ausgebreitet).

Um dem aufkeimenden Kannibalismus entgegenzuwirken, begann die Bevölkerung, eigene Landwirtschaft zu betreiben. Dies führte dazu, dass die Stadt bereits im Jahr 22 zu einer der Kornkammern des Landes geworden war. Die an-

deren Städte weigerten sich allerdings, für Lebensmittel in Blas oder Bums zu bezahlen, und so blieb die Stadt isoliert. Inmitten dieser chaotischen Verhältnisse wurde Antje Slikkengood geboren. Kinder jener Epoche landeten als Arbeitskräfte in der Landwirtschaft, bevor sie in das eigentliche Stadtgewerbe eingewiesen wurden. Nach Antjes zweijähriger Ausbildung im Vergnügungsviertel kam eines Tages ein fremder Jüngling namens Ken mit einem Wohnmobil in die Stadt, der sich unsterblich in sie verliebte. Damals hatte die Prostituierte, die in der Berufsschule die Wahlpflichtfächer Schluckatmung und Französische Lippengymnastik als Klassenbeste abgeschlossen hatte, bereits ihre Vorliebe für Protein-Fructose-Gelee entwickelt. Nach Kens Tod hatte sie sein Wohnmobil genommen und war aus der Stadt geflohen. Seitdem hatte Antje Slikkengood als Sexdetektivin Karriere gemacht und war schließlich in die dritte, letzte Schlacht von Ovum gezogen. Als strahlende Siegerin hatte sie dann den Anruf von Leutnant Hard Longdong erhalten und seit dieser Zeit war sie bei der TASK gewesen. Die TASK...

Antje Slikkengood öffnete ein letztes Mal zur Hälfte ihre Augen. Sie registrierte, dass sie mit dem Kopf unter Wasser lag, hatte aber keine Kraft mehr, sich hochzustemmen. Neben ihr trieben die letzten Reste des Lebkuchenmanns; am besten war noch die mächtige Printe erhalten, die seitlich an ihrem Kopf trieb. Sie konnte den Zuckergehalt des Bachwassers quasi sehen, roch das gelungen gemischte Lebkuchengewürz. Ein letztes Mal, dachte sie. Ein letzter Zuckerflash. Mit den letzten Kräften, die ihr verblieben waren, öffnete die Agentin den Mund und trank Zuckerwasser, bis das diabetische Koma sie endgültig übermannte.

# 20 Flussauf, flussab

Während er fiel, ließ Chris Adam die Erlebnisse der jüngsten Vergangenheit
nochmals Revue passieren. Zwei Schaff-
nerinnen, die ihn geschrumpft, entkleidet
und entkofferisiert hatten; der Intergenitalexpress mit un-
vorstellbaren Raumdimensionen; Eva, die Hostess der
Abenteuersuite; eine sprechende Schlange. Im Rückblick
kam ihm das alles irgendwie seltsam vor. Vielleicht hätte er
auf die Schritte warten sollen, statt blindlings aus einem
fahrenden Zug zu springen, aber seltsamerweise hatte ihm
der Fenstersturz logischer erschienen. Während Adam
diesen Gedanken nachhing, prallte er auf, drang durch
eine nasse, kalte Oberfläche und erkannte nach testweisen
Schwimmbewegungen, dass er noch lebte und in Wasser
gefallen sein musste.

Prustend durchstieß er die Wasseroberfläche und sah sich
um. Über sich sah er den beleuchteten Zug ins Dunkel verschwinden. Entgegengesetzt zur Brücke gewahrte er etwa
400 Meter entfernt eine kleine Insel, die von einigen Kerzen beleuchtet zu sein schien. In diesem Moment begann
der Gesang. Chris Adam hatte noch nie in seinem Leben so
schöne Melodien gehört, mehrstimmig, poppig, ein wenig
wie die perfekte Castingband. Verträumt groovte er ein wenig mit, versuchte mit bassiger Bebop-Begleitung Teil dieser Acapella-Ekstase zu werden. In ihm wuchs der
Wunsch, näher an diesen Melodien, diesem wahren Ohr-
gasmus der zeitgenössischen Songmedleys zu sein. Er begann zu schwimmen und legte dabei ein Kraultempo vor,
das ihm den Atem nahm und die Muskeln übersäuern
ließ; aber anstatt das Tempo zu verlangsamen, ruderte er

immer irrer mit den Armen, bis er nach kurzer Zeit das kleine Eiland erreicht hatte. Erst jetzt merkte er, wie erschöpft er eigentlich war. Die Kerzen waren verschwunden, aber dafür war die Musik nun auf chorale Ausmaße angewachsen, und er fühlte sich wohlig warm von ihr erfüllt. „Komm, mein Kleiner. Leg dich einfach hierher und schlaf eine Runde bei uns, wir kuscheln mit dir und machen dich warm", lockte eine warme Stimme. Chris kroch weiter auf die Insel empor. Unter seinem Körper spürte er nicht die erwartete sandige Traumlandschaft, sondern felsigen Grund. Nach einigen Metern mit leichter Steigung lag er inmitten des Gesangs. Er war umgeben von Popmusik und obwohl er seichte Balladen eigentlich immer gehasst hatte, war es eines der wunderschönsten Gefühle, das er sich vorstellen konnte. Dann wurden ringsum romantische Kerzenlichter angezündet, einige verströmten kitschig riechenden Lavendelduft.

Als sich die flackernde Helligkeit ausbreitete, sah Chris sich neugierig um, um die Göttinnen zu entdecken, die für die Melodien verantwortlich waren. Entgeistert prallte er zurück, als er in die ersten Gesichter blickte. „Aber, aber...", stammelte er und stolperte rückwärts den Felsen hinab. Mit Schrecken erkannte er, dass sein drohender Sturz sanft von fleischigen Händen gebremst wurde. „Ja, mein Kleiner?", grinste eine der schönen Sopranstimmen. „Aber...ihr...", krächzte Chris. Seine Stimme versagte, als sich aus allen Richtungen Hände näherten. Er hatte für seine Porno-Pingpong-Visionen immer Arme visualisiert, aber nie solche. Mit letzter Kraft flüsterte er: „Ihr seid ja alle fett." „And you, you got a real rapeface, honey", raunte eine rauchige Stimme rechts von ihm. Ihn umschlang eine Atemwolke, deren Duft von Barbecue und Billigpralinen erzählte. Zum Frühstück. Dann brach Chris Adam zusammen; die Welt wurde schwarz.

Der Kapitän hatte Hannah nicht zu viel versprochen. Hinter ihnen lag eine wilde gemeinsame Nacht, in der sie die verschiedensten Stellungen durchgegangen waren. Von vielen hatte Hannah niemals zuvor die Namen gehört – etwa von der Stellung des rudernden Beins, die der Kapitän auf einer Insel vor Vulgarien kennengelernt hatte, deren Einwohner Füße als Gottheiten verehrten. Am Morgen hatte er ihr ein herzhaftes Frühstück mit Omelette, Schweizer Kaffee und Spargelspitzen serviert, das ganz großartig geschmeckt hatte. Beim zweiten Kaffee hatten sie sich dann auf den Arbeitsvertrag für Hannah im Kitzlerkeller verständigt und Mr. Barnebee hatte sich als großzügiger Arbeitgeber erwiesen. Zur Feier des gelungenen Vertragsabschlusses hatte er sie eingeladen, auf die versprochene Spritztour mit seinem Motorboot zu gehen. So waren sie frühmorgens den nordöstlich von Rammelstadt gelegenen Kanal entlang in Richtung Osten geschossen, bis sie den Kanal verlassen und größere Flüsse nutzen konnten, auf denen sie nun weiter nach Norden peitschten, dass die Gischt nur so spritzte und Hannahs Haar verspielt um ihre Sommersprossen wehte.

Es war deutlich wärmer geworden als am Vortag, so dass sie mit einem leichten Tanktop neben dem Steuer in der Slutter II stand; dazu trug sie Hotpants, eine dunkelbraune Sonnenbrille und einen fesch geschnittenen Strohhut mit einem kleinen blauen Band, das ganz wunderbar in der Sonne leuchtete. Der Kapitän lächelte versonnen, während er das Boot über die kleinen Wellen jagen ließ und Hannah immer wieder Seitenblicke schenkte. Nach einer guten Stunde drosselte er die Geschwindigkeit und ließ das Boot langsamer werden. Hannah bemerkte, dass sich der Fluss öffnete und zunehmend breiter wurde, zudem schienen am Horizont einige Baumwipfel jenseits des Wassers zu sein. Ein Stausee. „Das ist schön hier", sagte sie und lächelte ihrem Kapitän zu.

Dieser strich sich bedächtig über seinen zurechtgemachten Vokuhila und zündete sich eine Pfeife an. Das Boot schwankte nun leicht auf den Wellen hin und her, ganz so, als wisse es nicht mehr genau, ob es weiterfahren solle. „Ja", sagte der Kapitän nach einer Weile, „schön ist es hier. Aber auch ein wenig gefährlich." Seine Augen blickten Hannah durchdringend an, die sich zum ersten Mal unter seinem Blick ein wenig unwohl zu fühlen schien. „Warum hast du mich denn dann hierher gebracht?", fragte sie zögernd. Er lächelte. „Nun, es ist vor allem dann gefährlich, wenn man alleine ist und Popmusik mag." Sie sah ihn verwirrt an. Der Kapitän stopfte an seiner Pfeife herum und wies in Ermangelung einer freien Hand mit seinem hölzernen Beindildo in Richtung einer kleinen Insel, die weit entfernt zu ihrer Linken zu erahnen war. Oder nein, verbesserte sich Hannah. Keine Insel, eher ein großer Felsen. „Das", sagte der Kapitän, „ist ein Felsen der Sirenen."

Hannah erschauerte. Sie hatte als Kind die Geschichten gehört. Es war eine Rammelstädter Legende, die im Zuge einer einfachen Frage entstanden war: *Was,* rezitierte Hannah gedanklich, *geschah eigentlich mit den ganzen dicken Halbfinalistinnen aus den Gesangscastingshows, deren Musikkarrieren mangels Optik gescheitert waren?* Der Legende zufolge waren sie an der Scham und der sozialen Niederlage zerbrochen. Einige hatten sich vermutlich den Kliten für die Schlachten um Emanzia angeschlossen; die meisten jedoch hatten sich frustriert zusammengerottet und begonnen, Seen und große Flüsse zu bevölkern, um Seeleute mit ihren Liedern vom Kur abzubringen. Diejenigen, deren Schiffe nicht zerschellten, warfen sich freiwillig über Bord und fielen dem Gesang zum Opfer, indem sie ertranken, weil sie ergriffen von der Musik einfach nicht mehr daran dachten zu schwimmen. Diejenigen mit dem wenigsten Glück schafften es bis auf die Inseln, die den schauerlichen Beinamen Rapistenfelsen trugen. Wer einmal in die Fänge der Sirenen geraten war, musste allabendlich mit ihnen verkehren, bis seine Beckenknochen der Osteoporose zum Opfer gefallen waren. Dann brieten die Sirenen ihre Opfer oder warfen sie ins Meer, so genau wusste das keiner.

„Warum hast du mich hierher gebracht?", fragte Hannah noch einmal. Der Kapitän sah verträumt in Richtung der Insel. „Sie singen die beste Acappellaversion von Chartsongs, die du jemals gehört hast. Wir müssen uns nur ein wenig beherrschen."
Hannah schwieg eine Weile nachdenklich. Dann sagte sie: „Vielleicht sollten wir noch einmal miteinander schlafen, bevor wir weiterfahren. Dann sind wir entspannt und machen keine Dummheiten." Er nickte zustimmend. „Du hast Recht, so sollten wir es machen." Sie rissen sich gegenseitig die Kleider vom Leib und ließen das Boot schaukeln, dass die Wellen nur so an die Bordwand klatschten. Dabei gingen sie die Stellungen der vergangenen Nacht durch: Das rudernde Bein, die einwärts geschaukelte Wellenpeitsche, den Backbordmotor, das übersprungene Seemannsglied, das Tintenfischtentakeltheater und den robbenden Walfisch. Beim Titanic-Bugstoß krallte Hannah schließlich die Hände in seinen Vokuhila, gab ein pfeifendes Geräusch von sich und sank schmatzend auf die Planken. Mr. Barne-

bee steckte sich eine Pfeife an und stellte sich ans Steuer zurück. „Dann wollen wir mal schauen, was die Dicken neu im Programm haben", sagte er fröhlich.

Im nächsten Moment hörten sie ein sausendes, pfeifendes Geräusch, dessen Ursprung sie nicht genau lokalisieren konnten. Mr. Barnebee drehte sich zu Hannah an und sah sie fragend an. Sie sah an sich herunter, dann wieder zu ihm und schüttelte schulterzuckend den Kopf. Der Kapitän runzelte die Stirn: „Weißt du, das Geräusch erinnert mich an..." Etwas fiel aus dem Himmel und klatschte neben ihrem Boot derart in die Fluten, dass sie zusammenzuckten. Hannah musste sich festhalten, damit die Flutwelle sie nicht von den Beinen riss. Nachdem das Schwanken etwas nachgelassen hatte, schoben die beiden sich an die Reling und sahen ins Wasser. Unter ihnen schwamm eine nackte Frau, prustend und schnaufend. „Eine Sirene", schrie Hannah auf und fuhr zurück. Kapitän Barnebee blieb dagegen stehen, zog noch einmal an seiner Pfeife und hielt dann die Hand über die Reling. „Nein", sagte er, während er Molly aus dem Wasser zog, die nichts außer einem kleinen metallischen Gerät bei sich hatte. „Die ist nicht fett genug."

Nachdem Molly erklärt hatte, dass sie weder eine Sirene noch ein Engel war, sondern aus dem Ständerland kam und einen Regenbogen hinuntergerutscht war, schwiegen Hannah und Mr. Barnebee eine Weile. „Die Story ist seltsam", flüsterte Hannah im Kriegsrat. „Ja", flüsterte Barnebee zurück, „ich habe keinen Regenbogen gesehen. Aber wir können sie auch schlecht hier draußen lassen. Wir nehmen sie mit und falls sie den Sirenen verfällt, ist das so." Sie drehten sich zu Molly um und nickten. „Okay", sagte Barnebee, „du kannst mitfahren. Wir setzen dich später an Land ab, aber erst auf dem Rückweg, wenn es recht ist." Molly nickte dankbar und wickelte sich in das Handtuch, das Hannah ihr reichte.

Gemeinsam fuhren sie weiter dem Rapistenfelsen entgegen. Etwa 400 Meter, bevor sie die Steine erreicht hatten, setzte ein wunderschöner Gesang ein und Hannah wusste: Es war gut, nicht mehr geil zu sein. Schweigend trieben sie mit ihrem Boot durch das Gewässer und lauschten den Charts als verbesserte Acapellaversionen. „Seht mal", rief Molly plötzlich und deutete auf den Felsen. Inmitten der dicken nackten Weiber war ein junger Adonis zu sehen, der sich verzweifelt die Ohren zuhielt und zusammengekrümmt auf dem Boden kauerte. Hannah sah genauer hin. Das Gesicht kam ihr bekannt vor. „Ist das nicht...Chris Adam?", fragte sie zögerlich. Molly drehte sich zu Hannah um, dann sah sie wieder zu Chris. Sie erinnerte sich noch gut an die Beschreibung des Porno-Pingpong-Weltmeisters, für den Pam kichernd geschwärmt hatte. *„Ein Körper, Wahnsinn, sag ich dir. Eightpack, das haben ja anatomisch ohnehin die wenigsten. Dazu blonde Surferhaare, schön verwuschelt, dass man am liebsten darin wohnen würde. Braune Augen, zarte, nicht zu buschige Augenbrauen. Die Ohrläppchen sind ein wenig klein, aber naja, dafür hat er so einen Muskelprügel, uiuiui, ich würde ihn gerne mal beim Training sehen."* Molly sah der Gestalt aufs Haar, ins Gesicht, an die Ohren, den Bauch, weiter nach unten... „Ja", sagte sie mit leicht errötetem Kopf. „Das muss er sein."
„Das darf doch nicht wahr sein", sagte Hannah entgeistert. „Der muss doch Turnier spielen heute. Mister Adam?" Die letzten Worte hatte sie gerufen, bevor Barnebee warnend die Hand heben und ihr den Mund zuhalten konnte.

Die Sirenen beendeten ihren Gesang und sahen böse zu dem Boot herüber. Aber auch Chris Adam hatte schwach den Kopf gehoben. Das Aussetzen des Gesangs schien ihm neue Energie zu verleihen. Als er das Boot mit den beiden normalgewichtigen Frauen sah, ging ein Ruck durch seinen Körper. Mit dem Mut der Verzweiflung hechtete er an den adipösen Diven vorbei, die größtenteils halb dösig in der Sonne gelegen hatten und die Unverschämtheit seiner Flucht gar nicht fassen konnten. Nur die etwa zehn beweglicheren Exemplare versuchten, sich ihm in den Weg zu stellen. Er schaffte es, sich auf dem Fels an ihnen vorbei zu winden und in die Fluten zu springen. Molly und Hannah jubelten ihm zu, aber Barnebee startete grimmig den Motor. „Er schafft das nie", sagte er. Die beiden Frauen sahen ihn verständnislos an, während der Kapitän das Boot wendete, um Adam entgegen zu fahren. „Das sind teilweise ehemalige Leistungsschwimmerinnen, systemisches Doping, wisst ihr? Ich hab mit dem Boot schon immer Abstand zu ihren Felsen gehalten." Adam hatte etwa 50 Meter Vorsprung, da die beleibten Damen erst ordnungsgemäß ihre Badekappen aufsetzten. Als sie kurz darauf mit Kopfsprüngen und Bauchplatschern eine gewaltige Menge Wasser verdrängten und dann durch das Blau pflügten, als wären sie motorisiert, wussten auch Hannah und Molly, dass es ein Spießrutenlauf werden würde. Mit jedem adipösen Armzug holten die Sirenen drei Meter auf und sie selbst waren noch gut 200 Meter entfernt. Barnebee ließ die Slutter II über das Wasser fliegen. Mit aufheulendem Motor flogen sie zu Adam heran und wendeten das Boot erst kurz vor dem Athleten seitlich. Hannah und Molly hielten ihm die Hände entgegen. Die Sirenen waren nur noch zehn Meter entfernt. Mit einem Kraftakt hievten sie ihn an Bord und Barnebee gab Vollgas - aber das Boot rührte sich keinen Millimeter von der Stelle. Starr vor Schreck sah Molly, dass an beiden Seiten der Slutter II dicke Arme die Reling ergriffen hatten und sie zurückhielten. Diese Frauen hatten ungeahnte Kräfte. Kein Wunder, dass niemand sie als Popstars casten wollte. Verzweifelt ließ Barnebee den Motor aufheulen, während Hannah mit dem Paddel vom Rücksitz versuchte, die fettigen Dauerwellengesichter zurück ins Wasser zu drücken. Es war aussichtslos, und der völlig entkräftete Chris Adam war keine große Hilfe.

Molly schloss für einen Moment die Augen, dann öffnete sie sie ruckartig wieder. Sie hatte Meister Poperzius vor Augen, wie er ihr mit einem Blasentee in der Hand im Garten gegenüber gesessen hatte. *„Versprich mir, dass du den Tesla-Transformator nur in Notfällen im Turbo-Modus benutzt."* Hektisch wühlte sie in der Kühltasche von Mr. Barnebee, in der sie vorhin den Tesla-Transformator untergebracht hatte. „Meinst du, Essen hält sie ab?", fragte Hannah. Molly hielt inne. Ihr erster Impuls war es gewesen, den Tesla-Transformator ins Wasser zu werfen, aber die Frage brachte sie auf eine neue Idee. „Was habt ihr denn?" „Zwei Steaks, Kartoffelsalat, Brötchen, Gummibärchen, ne Pulle Sekt und Knabberzeug", brüllte Barnebee von vorne gegen das Heulen des Motors. Hätten sie nicht permanent mit Vollgas beschleunigt, die Gesangsmonster wären wohl schon an Bord gekommen oder hätten es einfach zum Kentern gebracht. So hatten sie zu zehnt momentan noch genug Mühe damit, es nicht wegfahren zu lassen. Die beiden Frauen nickten sich zu und begannen, die Lebensmittel zu beiden Seiten über Bord zu werfen. Die Taktik ging auf. Abgelenkt durch den leckeren Geruch lockerten die Sirenen kurzzeitig ihren Griff und das Boot schoss nach vorne. Aber als die dicken Frauen begannen, hinterher zu kraulen, erkannte Molly, dass sie keinen Abstand gewannen. Das Boot mit vier Personen war zu langsam. Sie folgte ihrer zweiten Intuition, hielt den Tesla-Transformator hinter dem Heck unter Wasser und schaltete in den Turbo-Modus. Der Vibrator fuhr kleine seitliche Gummi-Propeller aus und entfachte einen regelrechten elektrischen Wirbelwind. Eine der Schwimmerinnen, die dem Boot zu nahe gekommen war, kassierte einen elektrischen Schlag und sie gewannen explosiv an Tempo. Molly betrachtete liebevoll die beinahe zärtlich wirbelnden kleinen Rotorblätter des Transformators. Diese Rotation versprach ganz ungeahnte, neue Gefühlswelten. Die Gummierung schien leicht biegbar zu sein und sich anatomischen Gegebenheiten perfekt anpassen zu können. Nach einem kurzen innerlichen Kampf hob Molly das Gerät aus dem Wasser. Das Boot verlangsamte abrupt. Hinter sich hörten sie die triumphierenden Schreie der Sirenen, die etwa 100 Meter zurück lagen. „Steck ihn rein", brüllten Hannah und der Kapitän. Molly sah sie kurz verträumt an. „Ins Wasser oder...?" „Ja!!!" Molly seufzte und brachte ihren zusätzlichen Außenbordmotor zurück in die Wellen. Mit dem zusätzlichen Antrieb setzten sie sich von den allmählich müder werdenden Sirenen ab und preschten den Fluss hinauf, zurück nach Süden. Bald waren die Sirenen außer Sichtweite, Molly zog den Vibrator aus dem Wasser und sie genossen die mittägliche Fahrt in der Sicherheit des Flussbettes.

Nachdem sie einige Minuten auf dem Fluss getrieben waren, ertönte plötzlich ein Klingeln. Verwirrt sah Molly sich um. Barnebee und Hannah sahen sich ebenfalls an. Schließlich sahen sie alle drei zum nackten Chris Adam hinüber. Das Klingeln kam von dort. Er zuckte die Schultern, dann sah er zu Molly auf. „Würden Sie rangehen, meine Liebe?"

„Aber es ist doch für sie", protestierte Molly.

„Ja", sagte Chris Adam stöhnend, „aber ich habe mir auf dieser Insel einige Wirbel ausgerenkt, so wie es aussieht. Mein Rücken ist ein Wrack." Sie sah ihn mitfühlend an und beugte sich dann vor, um das Gespräch am Hodofon entgegen zu nehmen.

„Hallo, bei Adam?" Auf der anderen Seite herrschte einige Sekunden Schweigen. Dann ertönte eine markante, autoritäre Männerstimme aus der Leitung. „Hier spricht Leutnant Hard Longdong. Identifizieren Sie sich."

„Äh, hier spricht Molly", sagte Molly ein wenig nervös. „Adam sitzt mir gegenüber."

„Das habe ich mir schon fast gedacht", gab Longdong zurück, „aber warum geht er nicht dran?" Molly nahm die Ohren vom Harnröhrenausgang und blickte zu Adam auf. Der zuckte mit den Schultern und zeigte nach hinten auf seine Brustwirbelsäule. Molly nahm den Kopf wieder nach unten, so dass ihr Mund in Gesprächsposition war. „Er hat Rücken."

Longdong schwieg einen Moment. „Spezialagent Adam, können Sie mich hören?" Molly, Hannah und Mr. Barnebee sahen den Porno-Pingpong-Athleten überrascht an. Adam blickte kurz zu ihnen hinüber, dann beugte er sich ächzend ein Stück nach vorne, um antworten zu können. „Ja, Sir."

„Gut." Longdongs Stimme war ein wenig verrauscht und Chris Adam drehte sich ein Stück, um den Empfang zu verbessern. „Hören Sie, Adam. Ich habe bereits die TASK im Einsatz, aber ich fürchte, das reicht dieses Mal nicht." In Mollys Kopf arbeitete es. Die TASK, die Truppe Außergewöhnlicher Sexualkämpfer, gehörte zu den Helden der Rammelstädter Geschichte, nein, der Geschichte des gesamten Landes. Vielleicht der ganzen Welt. Sie musste nun drei Neuigkeiten verarbeiten. Zum einen, dass diese Einheit offenbar real existierte und nicht dem Reich der Legenden entstammte. Zum zweiten, dass sie noch aktiv war – und zum dritten, dass Chris Adam offenbar etwas mit ihnen zu tun hatte. Chris runzelte ebenfalls die Stirn. Der Zug. Die Schlange. Der märchenhafte Nachgeschmack der Szenen am Gleis 15¾. Die Sirenen. Er hatte das Gefühl, er wusste, weshalb der Leutnant ihn nach Jahren noch einmal selbst anfunkte.

Adam hatte sich nach seiner letzten Agententätigkeit auf den Sport konzentriert, beinahe vergessen, dass es die TASK und Longdong, den alten Haudegen, überhaupt noch gab. Aber sein Kopf arbeitete so präzise und klar wie damals, als er als noch junger Bursche den entscheidenden Vorstoß in den Gefechten von Ovum eingeleitet hatte. „Code 69", sagte er deshalb nun und in seiner Stimme lag keine Spur von Überraschung.

„Ich sehe, Sie sind schon im Bilde", antwortete Longdong. „Ich habe das Portal mittlerweile lokalisieren können; es liegt nördlich in den Wäldern von Rammelstadt, zwischen den Nippeltellern. Und Adam..." Der Agent horchte auf. Der Unterton des Leutnants gefiel ihm nicht. Longdong zögerte einen hörbaren Moment. „Slikkengood hat es erwischt." Auf dem Boot breitete sich Schweigen aus, das die leisen Wellenanschläge laut wie Bombeneinschläge werden ließ. Molly legte tröstend einen Arm um Adams Schulter, darum bemüht, nicht permanent auf seinen Prügel zu starren. Nach einer ewig scheinenden Sekunde hob Adam den Blick und wendete sich an Mr. Barnebee. „Kapitän, bitte fahren Sie mich so nah an diese Brut, wie es mit einem Boot in kürzester Zeit möglich ist." Barnebee nahm respektvoll eine stramme Haltung ein, schlug mit dem Holzdildo gegen seine Hacke und salamierte. „Jawohl, Mister Adam, Sir!", sagte er und begab sich wieder ans Steuer. Mit voller Kraft rasten sie die Flussbiegungen entlang, bis sie den Kanal erreicht hatten. Dann beugte sich Molly am Heck hinunter und hielt erneut den sirrenden Tesla-Transformator in die Fluten. Mit Vibratorgeschwindigkeit rasten sie nach Westen, der finalen Schlacht entgegen.

21 Nach Hause telemasturbieren

Im nördlichen Häuserviertel von Rammelstadt lag Blasmusik in der Luft. Die Stadtkapelle veranstaltete die jährliche Parade zu Ehren der Helden, die in den jüngeren Geschichten der Rammelstädter besungen wurden: Diejenigen, die bei den Gefechten von Ovum als Sieger hervorgegangen waren. In Gedenken an die Ruhmreichen stolzierten nun junge Soldaten durch die Straße, spielten ihre Muskelflöten und salamierten der Menge. Schauspieler stellten die alten Schlachten nach, dödellierten sich, führten Präservativschläge durch oder bedienten die Hodenabwehrraketen. Die Pimmel-Parade bahnte sich ihren Weg durch den Häuserkanal in Richtung Zentrum. Dort würde, als letzter Akt der Feierlichkeiten, das Durchbrechen der feindlichen Mauern durch die Kämpfer an vorderster Front nachgestellt: Eine Huldigung an Greta Musch, Antje Slikkengood, Alex Gumbag, Gunnar Raketsson und einen namentlich unbekannten Helden, dem letzten Endes der finale Schlag gelungen war.

Keiner der Feiernden ahnte, dass Greta Musch persönlich in diesem Moment an ihnen vorbei drängelte, sich durch die Masse wand und nordwärts eilte, dem Stadtrand und somit dem Waldrand entgegen. Longdong hatte das Portal mittlerweile näher lokalisieren können, es musste sich im Wald nördlich von Rammelstadt befinden. Musch sollte sich mit Slikkengood auf dem nordöstlichen Wanderparkplatz treffen und die Wege absuchen. Gunnar Raketsson und Alex Gumbag würden die Route durch das Waldgebiet westlich der Stadt nehmen, hinter den Bahngleisen entlang nach Norden. So würden sie zumindest halbwegs das Gebiet um die Stadt herum durchkämmen können. Dass in Rammelstadt selbst möglicherweise schon Märchenfiguren lauerten, war nicht auszuschließen. Aber selbst wenn dem so wäre – einige Samenverluste würden sie hinnehmen müssen. Es ging darum, das Dimensionsloch zu stopfen, mit allem was sie hatten, dachte Musch grimmig. Märchen...Es war eine Weile her, dass sie welche gehört hatte. Sie schienen ihr immer zu weltfremd gewesen zu sein, sie...kamen nicht zur Sache.

Musch blieb stehen, als sie eine wachsende Unruhe der Aliens in sich spürte. Sie witterten etwas. Die Agentin sah sich um. Sie sog Luft durch ihren Mono-Nasenflügel und rieb sich die vergrößerten Ohrlöcher. Das tat sie nur, wenn sie angestrengt nachdachte und höchst angespannt war. Klito, Anush und Nasidarma waren seit Ovum selten derart unruhig gewesen. Greta Musch setzte ihre Goldrandbrille auf und sah sich um. Sie befand sich in einer der letzten Querstraßen vor dem Waldrand, einer ruhigen Wohngegend. Vor vier Jahren hatte hier das Altersheim aufgemacht. Da es weit vom Vergnügungsviertel entfernt lag, hatte man für die Golden Ager ein Prostitutionsmobil eingerichtet, das zwei Mal täglich auf der Anlage parkte: morgens, nach dem stärkenden Frühstück, und etwa eine Stunde nach dem Kuchen – danach lief hier in der Gegend nicht mehr viel. In Fachkreisen sprach man von der postprandialen Erschlaffungsphase, die sich mit zunehmendem Alter über immer längere Zeiträume hinziehen konnte. Jetzt aber schien das ganze Haus noch voller Leben, obwohl eigentlich gerade das Mittagsschläfchen anstehen musste. Musch hörte Geräusche von dicklichen, rotierenden Bäuchen, eine Art Osteoporose-Samba mit gelegentlichem Gebissgeklapper, Arthrose-Arrhythmien und Faltentektonik.

Die Agentin betrat mit erhobenem Becken den Residenzflur und sah sich um. Ein muffiges Timbre von Gebissreiniger und Kellerduft, das Aroma von Alzheimer und posttraumatischen Belästigungsstörungen erfüllte die Luft wie ein alter Wein, dem man das Bukett vergrämt hatte. Ein Rollator rollte über den Flur. Jetzt fehlte nur noch der Klang einer traurigen Mundharmonika in diesen verlassenen Gängen, dachte Musch grimmig lächelnd. *Spiel mir das Lied vom Tod.*

Die Agentin schritt den tristen, grauen Schlauch entlang, in dem Ölgemälde ehemaliger Pornostars Musch mit Schaudern an das eigene Altern denken ließen. Nachdem sie um die nächste Ecke gebogen war, gewahrte sie einen Raum zu ihrer Rechten, dessen Tür nur angelehnt war. Ein leises Stöhnen zwängte sich durch den Türspalt zu ihr hinaus und unterbrach die angespannte Stille. Musch holte nochmals tief Luft und betrat das Zimmer. Als sie die Szenerie erfasst hatte, blieb sie eine Weile fassungslos im Türrahmen stehen. Der Wolf hatte seine ersehnte Großmutter gefunden. Sie waren direkt zur Sache gekommen und er hatte zwei der Wackersteine in der Alten abgeladen, die durch die Schräglagerung in ihren Brustbereich gedrungen waren. Die tote Oma sah aus wie eine der Testpersonen, die sich vor einigen Monaten an der Rekordgröße Doppel-T versucht hatten. Durch ihren faltigen Körper hatte sie im Gegensatz zu den jugendlichen Modellen allerdings die nötige Elastizität und subkutane Kapazität. Greta Musch erkannte die Dame. Es war Vera Dübelschleifer, die ehemalige Vizepräsidentin der Kronkorkenfertigung e.V., einer östlich des Stadtkerns gelegenen Firma, die Flaschenaufsätze produzierte. Nun stand sie den ehemaligen Szenegrößen, die auf den Ölschinken vor ihrer Tür gammelten, in nichts nach – im Gegenteil, sie konnte es mit drei von ihnen aufnehmen. Die Steine strafften vorzüglich ihren stofflich gesprengten Dekolletébereich.

Ihr gegenüber, in einem wunderschön aus Kirschholz gearbeitetem Schaukelstuhl, saß ein Wolf, vortrefflich bekleidet mit einem hauteng anliegenden Baumarkt-Mitarbeiterpolo und einem roten Käppi, das er über die Ohren gezogen hatte. Er sah aus wie ein fetter Trucker im Winterdomizil. Der monströse Pelz-Vierbeiner hatte mittels seiner mittelöstlichen Yogatechnik zwei Wackersteine aus dem Samenleiter gepresst, die nun dem Zirkusvorbau der drallen Graumelierten den Eindruck perfekt gestraffter Zeltstangen verliehen. Vorher wäre den Löwen, Einradartisten, Jongleuren und Clowns das Zeltdach auf den Köpfen zusammengesunken, nun konnte man in dieser Arena auch hochkomplizierte Motorradrampen-Nummern oder Feuerspuckershows durchführen, ohne Angst zu haben, dass die Fahrer gegen die Decke prallten oder das Zelt zu brennen begann.

Greta Musch gab sich Mühe, den Blick von den Doppel-T

und auf ihren nächsten Kontrahenten zu richten. Die Goldaliens verbreiteten nach wie vor Nervosität, aber der Wolf sah für sie eher friedlich aus. Als er sie nun angrinste und eine Reihe Zähne präsentierte, korrigierte Musch ihre Einschätzung. Er hatte nicht friedlich ausgesehen, sondern lediglich um zwei Wackersteine erleichtert – und selbstsicher. Er war eine Bedrohung, und zwar eine große. Bevor sie die Situation voll und ganz erfasst hatte, schnellte das Raubtier vom Stuhl hoch und in ihre Richtung. Die Agentin wich zurück, stolperte über den dicken Teppich, der überflüssigerweise in dem gut beheizten Zimmer ausgelegt worden war und fiel zu Boden. Klito, Anush und Nasidarma knurrten und sprangen dann alle drei auf den Hundspenis. Der Wolf gefror in seiner Bewegung und sah überrascht nach unten zwischen seine Beine, wo drei golden glänzende, fliegende Venuslippen geifernd und knurrend begannen, den Lebenssaft aus seinem Genital zu saugen. Musch rappelte sich schwer atmend auf und wischte eine Schweißperle von ihrer Stirn. Das war wirklich knapp gewesen. Sie richtete ihre Bluse und ordnete den Minirock, den sie rasch übergezogen hatte.

Der Minirock war ein Geschenk ihres ersten Freiers gewesen; er hatte ihn von Hand genäht, ein wundervolles Patchwork. Danny Berbach war immer ein Mann gewesen, der gute Handarbeit wertschätzte. Mit 52 hatte er umgeschult und begonnen, als Woodart-Artist Bäume einzuhäkeln. Seine Spur verlief sich im wöllernen Geäst im Westen Rammelstadts. Noch heute kamen viele Touristen in den Ort, die vor oder nach dem Genitaltourismus einen Waldspaziergang machten, um die Berbach'schen Batikbuchen, die Häkelkastanien und die Strickfichten zu bewundern. Einige Freier hatten Musch später noch mit auf ein Picknick im

Grünen genommen, bei dem sie dann unfreiwillig an Ber-
bach erinnert wurde...

Musch riss sich aus ihren Gedanken und sah auf. Etwas
stimmte nicht. Der Wolf war nicht in sich zusammengefal-
len. Er stand vor ihr und grinste. Auf dem Boden lagen die
zerschmetterten Überreste der drei Aliens, die unter großen Wackersteinen ihre Lebensenergie ausgehaucht hatten. Nasidarma leuchtete noch einen flackernden Moment, dann stieg sein Geist zum Horizont hinauf, dem
Planeten entgegen, von dem die drei Aliens einst gekommen waren. Musch schluchzte unwillkürlich auf, als sie
ihre toten Untermieter sah. Dann verwandelte sich ihr Gesicht in eine Maske des Hasses. Sie würde ihre Freunde rächen – und wenn es das letzte war, was sie tat. Die Agentin
und der Wolf standen sich gegenüber. Der böse Wolf formte Chakra mit seinen Fingern und pumpte den letzten verbleibenden Wackerstein der Geislein in seine Eichel. Fast
gleichzeitig wechselten die ninjahaften Fingerzeichen und
sein Genital begann zu wachsen. Allerdings blieb es
schlaff, wie Musch irritiert feststellte. Als es zur Länge eines Meters gewachsen war, erkannte sie, was ihr Kontra-
hent da gerade baute und sie spannte ihre Muskulatur an,
wie sie es seit Jahren nicht getan hatte. Der böse Wolf ließ
den flexiblen Morgenstern kreisen und mit ungeheurer
Wucht in ihre Richtung schnellen. Mit einem Hecht-
sprung wich die Agentin aus und hörte, wie hinter ihr die
Tür des Zimmers zersplitterte. Der Wolf war gefährlich,
aber nicht der Cleverste, das war ihr bewusst geworden.
Mit einigen galanten Flickflacks katapultierte sie ihren
welken Körper den Flur hinunter. Das wilde Tier nahm seinen Schwengel in die Hand und folgte ihr. Im Flur setzte er
seine morgensternigen Pimmelattacken fort. Musch wich

aus und der Morgenstern blieb krachend in der Wand stecken. Der Flur war zu eng für ihn, um seinen Fehler schnell zu korrigieren. Die Agentin nutzte den Moment und würgte ihm die Jagdnudel körperwärts, bis der Wackerstein zurück in den Körper gewandert war. Verzweifelt schnappte der Wolf nach ihr, aber mittels ihrer über Jahre der Sexualkampfpraxis ausgearbeiteten Introvertationsgymnastik konnte sie seinen Attacken problemlos ausweichen. Dann trat sie dem Wolf mit den Stiefeln in die Magengrube und schloss sich mit seiner speckigen Bauchverlängerung kurz. Er sah sie überrascht an. Musch aber grinste nur. „Du bist nicht der einzige, der spezielle Yogaformen beherrscht", sagte sie und begann durch schnelle, rhythmische Bauchperistaltik die Technik der invertierten Vaginallunge einzuleiten. Sie hatte diese geheime Kunst einst bei einer Fernostreise in einem kleinen, ärmlichen Dorf gelernt, in der die Einwohner sich keine Laubbläser leisten konnten. Mit der Macht eines jähzornigen Laubbläsers, der seine außerirdischen Freunde rächen wollte, blies Musch in den Wolf hinein, der dicker und dicker wurde.

Im Zentrum der Stadt hatte mittlerweile das Feuerwerk begonnen, das den Abschluss der Feierlichkeiten markierte. Raketen stiegen in den Himmel empor und wurden dort in ihre Einzelteile zersprengt, die sich in alle Richtungen verteilten. Eine ähnliche, wenn auch nur für Freunde spezieller Fetische als ästhetisch einstufbare Teilchennova ereignete sich zeitgleich im Altenheim. Die Überreste des Wolfs ließen die größtenteils impressionistischen Gemälde der ehemaligen Pornostars die Epoche wechseln. Sie wirkten nun wie typische neoimpressionistische Pointillismus-Vertreter, die man mit der verbotenen Fickeringer Blutnacht-Malerei kombiniert hatte. Musch sah sich um.

Die Wolfssprenkel an den Wänden waren definitiv hübscher als das triste Grau zuvor. Mit einem Zewa wischte sie sich das Blut von der Goldrandbrille, dann verließ sie das Heim, um endgültig dem Weg in den Wald zu folgen.

22 In der Bahnhofshalle

Gunnar Raketsson und Alex Gumbag kamen beinahe zeitgleich am Rammelstädter Bahnhof an. Während Raketsson die Rolltreppe von Gleis sechs nach oben fuhr, nahm Gumbag die Treppe von Gleis acht, weil die Rolltreppe von seinem Gleis ausgefallen war. Da Gumbag mit mittlerweile 120 Kilo nicht der leichteste Zeitgenosse war, sein Zug aber zwei Minuten früher als Raketssons Bahn in Rammelstadt angekommen war, erreichten sie zeitgleich die kleine Bahnhofshalle, an deren Kiosk Chris Adam vor knapp 40 Stunden die Cunt weekly gekauft hatte. Die Cunt (currently uttered natural theories) war eine der führenden Publikationen für naturwissenschaftlich interessierte Leser. Neben der Cunt dominierte die Daily Dildo (dialectical issues of languages with dildoic origin), ein sprachwissenschaftlich orientiertes Fachblatt, den literarischen Markt. Fast alle Rammelstädter waren fachwissenschaftlich belesene Bildungsbürger, das allerdings ging zumeist ein wenig unter.

Raketsson sah sich in der Bahnhofshalle um und erblickte einige Meter weiter einen dicklichen, leicht schmierigen Typen Mitte 40. Alex Gumbag war ein Produkt der leichtlebigen Konsumgesellschaft, wie er zu sagen pflegte. Wäre er weiblich und gesanglich talentiert gewesen (beides war nicht der Fall, obwohl er sich das Testosteron regelrecht weggefressen hatte), er wäre wohl die Anführerin der Sirenen geworden, aus deren Klauen etwa in diesem Moment Chris Adam entkam. Gumbag bohrte sich genussvoll in der Nase, als er die oberste Stufe erreicht hatte. Raketsson betrachtete ihn. Er hatte Gumbag als beweglichen, jungen Mann Ende 20 kennengelernt, jetzt war er ein...Blob. Gumbag hatte eins dieser Bahnstations-Sandwiches gegessen, von denen man sich erzählte, dass sie nachts, wenn niemand mehr im Bahnhof war, die Hallen mit Flüstergewirr erfüllten. Dass Gumbag eine dieser kulinarischen Magen-Darm-Splittergranaten gegessen hatte, verrieten die Majo- und Senfreste auf seinem T-Shirt, das die Botschaft „Kiss me, I'm the cook" zierte. Außerdem war ein wenig Butter auf seinen Wildlederschuhen hängen geblieben, die zu dem Anglerhut, dem Hawaiihemd und den zerschlissenen Khakishorts passten wie ein ADHS-Kind mit Triangel in ein Sinfonieorchester.

Gumbag ernährte sich von Trennkost, wie er immer sagte – denn seine Küche und seine Essgewohnheiten trennten ihn vom restlichen Teil der Bevölkerung. Alles, was andere wegwerfen würden, weil es nach gewissen Kriterien als nicht essbar oder zumindest nicht sonderlich erstrebenswert erschien, zählte zu seinen präferierten Zutaten. Sein Lieblingsgericht war Schromp, eine Art Zigeuner-Pfanne, deren Ingredienzien er größtenteils in den Katakomben seiner Heimatstadt sammelte. Einer seiner Gäste, der einmal gutmütig von Schromp probiert hatte, war an Verstopfung gestorben, ein anderer hatte Hals über Kopf Gumbags Heimatstadt verlassen und war fortan nie wieder gesehen. Alex Gumbag sah sich in der Bahnhofshalle um und entdeckte Raketsson. Allerdings zunächst nur auf einem Plakat, auf dem der schwedische Diplombiologe mit charmantem Lächeln für die neue Ausgabe der cunt weekly warb. Es war ein Artikel über das asymmetrische Paarungsverhalten der Vorderhornschnecke bei Wetterumschwung gewesen, ein Werk aus Kindertagen, das Raketsson später wiedergefunden und seiner lästigen Assistentin gegeben hatte, als sie ihn an den Abgabetermin erinnerte. Gumbags Blick wanderte weiter und als er nach links schwenkte, fiel er auf das Originalgesicht.

„Hallo Gunnar", brummte Gumbag. Aus seinem Mund sprühte bei dem Gruß ein Rest der Insekten, die er während der Fahrt zur Aromatisierung seines Sandwichs genutzt hatte. Er hatte es im Bahnhof am Abfahrtsort gekauft, fest verschnürt an einem Seil hinter sich her in die Bahn geschleift und es dann aus dem Fenster gehalten. Auf dem Weg die Treppe von Gleis acht hinauf hatte es dann beim Verzehr nach dem Trubel der Passanten, der Geschichte der Bahnfahrt und einem Hauch Mückendarm geschmeckt, ein insektoider Geschmack, den wohl nur Gumbag von Mückenblut, Mückenkotze, Mückenmark, Mückenschleimhaut und 25 weiteren Mückengeschmackssorten differenzieren konnte. Raketsson fuhr sich mit der Hand durchs Gesicht und strich die Strähnen seiner dunklen Haare nach hinten, die ihm zerzaust über die Brille gehangen hatten. Das tat er immer, wenn er erfreut und gleichzeitig ein wenig angewidert war.
„Hallo Alex", sagte er dann. „Bereit, ein paar Märchenfiguren zu zerficken?"
Gumbag lachte und nickte. „Ich hoffe, ich finde eine Fee. Ich liebe Sachen mit Flügeln."
Mit einem Kopfnicken rief Raketsson zum Aufbruch und gemeinsam verließen die beiden die Bahnhofshalle im Westen der Stadt, allerdings nicht durch den Hauptaus-

gang, sondern durch den kleinen Nebenausgang hinaus. Ihr Weg führte sie zunächst nach Westen in den Wald und von dort gen Norden, in Richtung der Nippelteller, wo das Portal vermutet wurde.

23 Im wöllernen Wald

Der Wald, der sich vor ihnen in eine scheinbare Unendlichkeit erstreckte, schluckte die Strahlen der untergehenden Sonne so schnell wie ein adipöses Kind nach Zwangsdiät eine Packung Schokoriegel. Bereits nach den ersten Schritten waren Gunnar Raketsson und Alex Gumbag von einem seltsam feierlichen Halbdunkel umgeben, das eine Art Wald-Sepia erzeugte.

„Wie die Weihnachtsfeier im Swingerclub", raunzte Gumbag andächtig, während sie dem schmalen Pfad folgten. Die beiden Männer waren einige Minuten unterwegs, als sich ihre Umgebung zu verändern begann; schrittweise, in kleinen, pirschenden Etappen. Erst waren es vereinzelte Fäden, die das Geäst durchzogen und nur bei genauem Hinsehen überhaupt bemerkt werden konnten. Dann breiteten die Fäden sich aus, bildeten spinnwebartige Strukturen, die die Bäume umschlangen und immer mehr vereinnahmten. Schließlich gelangten Raketsson und Gumbag auf eine Lichtung, die aus dem feuchten Traum eines Hausfrauenmagazins hätte stammen können. Raketsson brauchte einen Moment, um den außergewöhnlichen Anblick zu verarbeiten. „Ist das Strick?", murmelte er irgendwann gedankenverloren, mehr zu sich selbst als zu Gumbag und strich mit der Hand über einen Fichtenstamm. Kein Zweifel. Der gesamte Baum war in Wolle gehüllt, ge-

nauer gesagt in Filethäkelgarn, 100 Gramm, Modell Tropi-
cana-Color. „Scheint mir eher Filethäkelgarn zu sein, 100
Gramm würde ich schätzen. Modell Tropicana", sagte
Gumbag, der kurzerhand in die Fichte gebissen und das
Garn offenbar am Geschmack erkannt hatte.

Wäre Filethäkelgarn ein gängiges Genussmittel der Rammelstädter Bevölkerung gewesen, die Lichtung hätte als
Büfett dienen können. Denn neben der Tropicana-Fichte
folgten weitere Garnstämme, einige in Tropicanabunt, andere in Alaska-Weiß oder Karmesinrot gehüllt. Mehrere
der Bäume wirkten wie Strickarbeit, eine Gruppe Tannen
schien mit klassischer Häkeldekoration behängt, einige
Weiden wiederum erweckten den Eindruck, als habe jemand in wochenlanger Arbeit riesige Freundschaftsbänd-
chen um die Äste geknüpft. Die Wurzeln der Bäume waren
ebenfalls wöllern verarbeitet. Zwischen den Baumgruppen
liefen Fäden über den Waldboden, die der Szenerie das
Ambiente einer zusammenhängenden, groß angelegten
Arbeit verliehen. „Das muss der wöllerne Wald sein", sagte
Gumbag und zog einen Rest Garn aus seinen Zähnen.
„Vollkommen korrekt", antwortete eine Stimme hinter ihnen. Gumbag und Raketsson fuhren herum. Auf dem Weg,
den sie gekommen waren, standen zwei Gestalten im
Halbdunkel.

„Können wir etwas für euch tun, Ladies?", fragte Raketsson
die Neuankömmlinge. „Das wird man sehen", antwortete
die linke Frau, die weiße Ballerinas trug. Schneewixchen
ließ ihrem Satz ein blütenweißes, aber kaltes Lächeln folgen. Neben ihr vollführte Dosenrot einen kleinen koketten
Knicks, der Gumbag wünschen ließ, als notorischer Sexu-
alstraftäter in einem anderen Jahrhundert geboren worden
zu sein. Er würde den Mädchen mit einem selbst gebauten

Ventilator den Rock nach oben pusten, dass sie einer Monroe gleich in Scham erstarrten, und dann würde er andocken wie ein U-Boot im Zielhafen, die Torpedos abfeuern und das Weite suchen. Die Gazetten würden sein Suchbild drucken, Belohnung würde ausgesetzt auf den „Propellerficker mit dem U-Boot-Genital" und er würde sich in die Kanalisation zurückziehen und von Mücken und Weggeworfenem leben, wie er es auch jetzt immer wieder tat. Nur manches Mal noch würde er für eine Torpedo-Tour das Tageslicht aufsuchen; und wenn er zu alt für die beschwerlichen Gänge wurde, würde er den unvorsichtigen Mädchen, die auf einem Gullydeckel stehen blieben, von unten mit dem Ventilator die Unschuld entblößen und ein Fotoalbum von diesen Momenten anfertigen. Er würde...

Gumbag sah auf und bemerkte, dass Raketsson bereits in Kampfposition gegangen war. Der Diplombiologe hatte der weiß gekleideten Ballerina die Zunge in den Hals gesteckt und war gerade im Begriff, seinen berühmten schwedischen Knäckefick zu starten. Jedem Tierchen sein Pläsierchen. Gumbag räusperte sich, während er vorsorglich mit Wippbewegungen seine Adduktoren dehnte. „Ich bin nicht so der Küsser", sagte er, als er die Vorbereitungen abgeschlossen hatte. Dann zog er blitzartig die Hose aus – und setzte einen hochgesprungenen Salto an. Im Gesicht seiner Gegenspielerin sah er irgendwo über (beziehungsweise unter) sich die Überraschung, bevor Dosenrot für einen kurzen Moment aus seinem Blickfeld entschwand. Zwei Dinge hatte der dickliche Mann sich über die Jahre immer bewahrt: seine Sprungkraft und seine monströse Beweglichkeit, die er sich einst als männliches Funkenmariechen im Karneval erworben hatte. Von seiner Mutter war er damals gezwungen worden, als übergewichtiger Ju-

gendlicher in Leggins Spagat zu üben, eine traumatisieren-
de Kindheit, für die er erst spät Dankbarkeit entwickelt
hatte. Heute sorgte sie für den vielleicht einzigartigsten
Kampfstil der TASK. Noch während Gumbag die knapp
zwei Meter bis zu Dosenrot mit dem Salto überbrückte,
spreizte er die Beine und weitete sein Rektum. Mit einem
schlürfenden Geräusch landete der Koloss auf dem Kopf
der zierlichen Dame, der zur Gänze in seinem gärenden
Inneren verschwand. Gumbags Technik hatte sich mit seiner Vorliebe für das Face-Sitting entwickelt, das er im Laufe der Jahre zu einer monströsen Tötungskunst ausgebaut
hatte. Sein Schließmuskel schmiegte sich um den Hals der
Märchenprinzessin, während sie kopflos unter ihm zu-
sammenbrach. Während der Aufprall ihm einen Kick ver-
setzte, der ihn die Augen verdrehen ließ, splitterte Dosen-
rots Genick. Herrje, das würde wieder einige Zeit dauern,
immer dieser Calcium-Kot. Eigentlich hatte er sie ersticken
wollen, es war immer angenehm, wenn die Beute im Hin-
tereingang zappelte. Während Gumbag sich das schmieri-
ge Haar richtete, schlängelte etwas um seine Hüfte. Etwas,
das aus dem Rock der Toten hervor schlängelte, wie er mit
Schaudern bemerkte. Dann biss der erste Arm zu, dort, wo
ihn so lange niemand mehr gebissen hatte, und nie derma-
ßen verheerend. Er wollte schreien, aber er bekam nur ein
Quieken heraus. Nicht heroisch, nicht einmal sonderlich
abartig. Der Laut eines kleinen dicken Schweinchens. Die
anderen Schlangenarme wanden sich um Gumbag, bissen
zu und saugten sich fest wie Blutegel. Er konnte spüren,
wie sein jahrelang angespeichertes Fett den schützenden
Bauchraum verließ, dann erst war Platz, dass auch die Eingeweide vom angestammten Platz verschwanden.

Monroe. Propellerfick. Sandwich.

Mit diesen drei Worten auf den Lippen trat Gumbag von dieser Welt ab, seine Reste fielen auf ein Geflecht aus Jaipur Wolle, himmelblau für Langarmpulli Größe 38, 4,5mm Nadelstärke, 100 Prozent Baumwolle. Es war ein weicher, federnder Aufprall, als lande man in einem eigens vorbereiteten und aufgeschlagenen Himmelbett.

Gunnar Raketsson hatte sich einige Minuten zuvor ganz mit Schneewixchen verkeilt. Der schwedische Knäckefick hatte seine Wirkung nicht verfehlt, die weißgekleidete Schönheit genoss sichtlich das Liebesspiel. Gleichzeitig schien sie auch auf etwas zu warten. Ihre Augen sandten in Stakkatoblitzen Ungeduld und Überraschung. Raketsson lächelte nach einer Weile. „Fräulein", sagte er und richtete die Brille, ohne seine kreisenden Beckenbewegungen zu unterbrechen, „ich weiß noch nicht sicher, ob die von Ihnen produzierte Kälte auf Mikrobakterien oder einem eigens gezüchteten Virenstamm beruht, aber ich kann Ihnen versichern, dass das einem hochangesehenen Diplombiologen und elitären Sexualkämpfer vollkommen schnurz ist." Die Orgasmik im Gesicht seiner Gespielin gefror. Raketsson wartete gar nicht darauf, dass die kalte Blonde zu einer frauenhaft-emanzipierten Antwort ansetzen konnte. Er richtete seinen Kolben, spannte die Vorderlader durch und sammelte eine große Ladung weißen Vulva-Vernichtungs-Schleims im Abschussrohr. Mit einem beinahe niedlichen „Flup" rotzte Raketsson seine Gegnerin gegen den in zartblau bewollten Stamm. Schneewixchen explodierte in einem weißen Schwall, ihre Gliedmaßen zerfetzt durch die ebenso schneeweißen Schwanzschrapnelle. Zurück blieb ein Häufchen, das dem ein halbes Jahr zurückliegenden Winter huldigte. Raketsson säuberte seine Waffe und spuckte verächtlich gegen die wie Eis zerklirrten Überreste seiner Gegenspielerin. Dann drehte er sich grinsend zu Gumbag um. Als er die Leiche seines Mitstreiters entdeckte, stockte der Diplombiologe einen Moment. Dann wandte er sich ab und richtete die Brille. Emotionale Bindungen waren in der Welt der Wissenschaften nicht vorgesehen. Entsprechend wenig Mitgefühl brachte er nun seinem verendeten Mitstreiter entgegen, aus dessen Bauchnabel ein Tentakel soeben das letzte schwache Zucken einstellte. *Doppel-Koitus. Es gab schlechtere Arten, abzutreten.* Blöd allerdings war, dass Gumbag es gewesen war, dem der Leutnant die genauen Zielkoordinaten des Portals mitgeteilt hatte, Raketsson aber hatte sie noch nicht. Mit einem genervten Augenrollen ließ der Diplombiologe erneut die Samthosen fallen, rollte sich auf den Rücken und stellte die Knie links und rechts neben den Ohren ab. Aus dem Hodofon kam lediglich ein Rauschen. Kein Netz, das hatte gerade noch gefehlt. Ein erneutes Räuspern ertönte. Raketsson fuhr zusammen und beeilte sich, wieder in den aufrechten Stand zu kommen. Mit erigiertem Glied zielte er suchend ins Dunkel des Waldes, bis eine kleine, dicke Saugelfe mit erhobenen Armen auf ihn zutrat. „Sie suchen das Portal, nehme ich an?", fragte Graspian Eichelstolz mit respektvoller Stimme. Raketsson nahm die Waffe herunter und nickte. „Dann werde ich Sie hinführen", sagte die männliche Saugelfe und nahm den Diplombiologen bei der Hand. Gemeinsam gingen sie tiefer in den wöllernen Wald, weiter nach Norden, der Entscheidung entgegen.

24 Ein unfaires Hütchenspiel

 Lora, die Frisörin, hatte sich vor Jahren mit ihrem eigenen Studio selbstständig gemacht. Das „Haarmasutra" war ein kleines, aber feines Studio geworden, in dem sie der Rammelstädter Kundschaft das nötige Etwas im Haupthaar verlieh. Ihre einzigartige Stilmischung von Glamour und Praxis hatte ihr mittlerweile einen guten Ruf über die Stadtgrenzen hinaus verschafft. So kam es, dass sie sie ein Mal in der Woche mit ihrem Stylomobil in die benachbarten Dörfer fuhr, um den sehnsuchtsvolleren Landbewohnern einen Hauch Städtischkeit zu verleihen. Als Lora an diesem Tag zurückkehrte, lag eine Aura des Bösen über der Stadt. Sie konnte die Auren von Objekten mit Beton sehen, seit sie ein kleines Mädchen war. Je nachdem, wie diese Objekte mit ihrer Umgebung interagierten, nahmen sie andere Farben an, leuchteten mal in einem entspannten Blau oder einem relaxten Tannengrün, mal in einem energetischen Rot. Die Stadt war für sie somit oft ein Ort visueller Reizüberflutung gewesen, denn je nach Menschenzahl fand viel Interaktion mit Beton statt und somit auch viele Farbwechsel, so dass sie froh über die wöchentlichen Abstecher aufs Dorf war. Heute aber wirkte die Stadt nicht wie eine schwule Discokugel, sie hatte ein bedrohliches Karomuster angenommen. Es war ein sirrender Flickenteppich aus gefährlich wirkendem Rot, spirituell aufgeladenem Violett und dem Orange sexueller Lust, eine Farbe, die sie in dieser Komposition ein wenig verwirrte. Intuitiv wusste Lora aber, dass es etwas Böses war, dass sich über ihre Heimat gesenkt hatte – etwas Böses und irgendwie Geiles. Kurz vor dem Ortsschild bremste die Frisörin energisch ab. Zum einen hatte sie Zweifel, ob

sie die Stadt betreten sollte, ohne zumindest Kondome gekauft zu haben, zum anderen hatte sich neben dem Schild eine Hütchenspielerin mit absolut hinreißender Frisur niedergelassen, soweit Lora das in der Abenddämmerung beurteilen konnte.

Sie kurbelte das Fenster herunter, um die Gauklerin näher zu betrachten. Ihre Blicke trafen sich und sie schwiegen ein paar Sekunden. „Ist Böses in der Stadt?", fragte Lora schließlich. „Keine Ahnung, ich steh hier schon ein Weilchen und friere mir die Titten ab", antwortete die Gauklerin. Sie hatte tolle schwarze Locken und sehr wohlgeformte Brüste, die auf eine bestimmte Art und Weise hochgesteckt worden waren. Also, die Locken, konkretisierte Lora verwirrt ihre eigenen Gedanken.

„Lohnt es sich denn, hier vor der Stadt zu stehen?", fragte sie. „Nein, es ist eher frustrierend", seufzte die Gauklerin. „Aber zumindest hat jetzt einmal jemand angehalten. Lust auf ein Spielchen? Gewinnchance zwei zu eins." Lora überlegte. Zwei zu eins, das hieß, unter zwei der drei Hütchen war ein Gewinn. Das war mehr als 50 Prozent Gewinnchance. Genau gesagt, waren es…Die Aura der Stadt machte ihr Kopfweh und so ließ sie es gedanklich bei den mehr als 50 Prozent. „Was gibt es denn zu gewinnen?", fragte sie. Die Gauklerin betrachtete sie aufmerksam und Lora hatte das Gefühl, dass sie bis auf den Grund ihrer Seele schaute, um dort nach den intimen Wünschen der Frisörin zu forschen. „Meine Haare", sagte sie nach einer Weile.

Lora schaute ungläubig. „Okay", antwortete sie schließlich und gab der Gauklerin die Hand, „das Spiel soll gelten. Und was ist mein Einsatz?"

„Deine Brüste." Lora schluckte. Das hätte sie wohl vorher klären sollen. War ja irgendwie klar. Böse Aura und so.

„Okay", sagte sie dann, immerhin hatte sie der Gauklerin

die Hand gegeben und so etwas brach man nicht einfach.
„Schön", lächelte die Gauklerin und ihre Haare krochen
unter das mittlere Hütchen.
„Hey, wie hast du das gemacht?", fragte Lora.
„Ich bin Gauklerin", sagte die Gauklerin.
„Ach so", sagte Lora. Kurz darauf fühlte sie eine Veränderung in ihrem Körper. Als sie an sich herabsah, entdeckte
sie, dass sich ihre Brüste aus der Bluse geschlichen hatten
und gerade dabei waren, unter die beiden äußeren Hütchen zu kriechen. „Passt auf", sorgte sich Lora, „ihr habt
doch eine Gummiallergie."
„Ist latexfrei", sagte die Gauklerin beruhigend und begann
mit schnellem Wirbeln die drei Hütchen zu drehen.
„Hey, Moment mal", protestierte Lora. Das Drehen brach
ab und die schwarzen Augen sahen sie an.
„Ja?"
„Du hast doch gesagt, Siegchance zwei zu eins", sagte die
Frisörin mit dem Brustton des Vertrauens. „Das geht aber
rechnerisch nicht auf, wenn da zweimal Titten und einmal
Haare liegen." „Doch", sagte die Gauklerin, kratzte sich am
kahlen Kopf und grinste. „2:1. Für mich."
„Kacke", flüsterte Lora und verfolgte die sich nun wieder
drehenden Hütchen mit ihren Augen, wie sie schneller
und schneller über den Tisch wirbelten. Nach einer knappen Minute hörte die Gauklerin erschöpft auf. „Ist das anstrengend", ächzte sie.
„Du machst das noch nicht so lange, hm?", fragte Lora mitfühlend und wählte ein Hütchen aus.
„Warum?", fragte die Gauklerin irritiert.
„Du hast das mittlere Hütchen mit deinen Haaren darunter gar nicht bewegt, immer nur die beiden äußeren."
„Oh, shit", murmelte die Gauklerin und hob das Hütchen,
unter der ihre Haare lagen.

„Dann hab ich wohl gewonnen", triumphierte Lora und streckte fordernd die Hand aus, um ihren Gewinn einzustreichen. Flore grinste zurück, holte die kleine Voodoo-Sexpuppe aus ihrer Tasche und schlug der Puppe hart gegen die Schläfe. Lora kippte bewusstlos um wie ein nasser Sack.

„Denkst du", brummte Flore, raffte Haare und Titten zusammen und schloss den Klapptisch. Mit diesem Paar Brüste hatte sie alles zusammen, was sie brauchte. Sie packte das durchaus ansehnliche neue Paar zu den anderen in den Picknickkorb, der unter dem Klapptisch gestanden hatte, stieg über die bewusstlose Frisörin hinweg in deren Auto und fuhr mit lauter Radiomusik zurück nach Norden, wo Lora hergekommen war. Es wurde Zeit, zurück zum Portal zu kommen.

25 Am Portal

Der Wald war von einem Sirren und Summen erfüllt. Das Geräusch klang wie ein Kühlschrank, der gerade zum ersten Mal in seinem Leben Sex hat. Eduard der II. kletterte mit möglichst ritterlicher Geste von seinem neuen Ross. Es war ein Junker namens Boris, den er in einem Bordell gefunden hatte und auf dem er zurück in jenes nördliche Waldstück geritten war, in dem er diese Welt betreten hatte. Am Portal hatte sich schon eine kleine Warteschlange gebildet, weil viele der Märchenfiguren gerade ihre abendliche Melktour beendet hatten und mit ihrem vollen Orgasmo-Saver zurückgekehrt waren. Die Energie aus dem menschlichen Ejakulat speiste das Portal und hielt den Zugang zwischen den Welten aufrecht, aus dem gelegentlich noch Neulinge stolperten. Schwänzel und Gretel etwa saßen erst seit wenigen Minuten auf dem kleinen Mäuerchen neben Flores Laube und warteten auf weitere Instruktionen. Etwas abseits saßen Brüderchen und Schwesterchen; sie waren nicht die angesehensten unter den Protagonisten der Rammelstädter Sagen- und Märchenwelt und blieben meistens für sich. Das tapfere Schneiderlein saß mit den sieben Geislein an einem Lagerfeuer und erzählte nochmals detailliert und in aller Ausführlichkeit, was er schon alles mit seinem Gürtel gemacht hatte. Goldmarie und Pechmarie hatten unter dem Gejohle der Umstehenden eine Partie Schlammcatchen begonnen und suhlten sich im Matsch, während der Däumling gefährlich gewagt auf dem schmalen Grat zwischen Bodenperspektive und Tod durch Zerquetschen wandelte, weil er mit einer winzigen Urlaubs-Polaroid zwischen und unter den liebevoll Kämpfenden hin- und hersprang. Flore keifte, als sie sich den Weg durch die Massen bahnte und König Drosselsack dabei erwischte, wie er in den Schrebergarten der Familie urinierte. Es war ein märchenhaftes Chaos, das sich dem Beobachter bot, und bei dem man nicht im Entferntesten vermuten würde, dass die Geschöpfe, die sich auf der Lichtung tummelten, allesamt schon Menschen zu Tode gevögelt hatten.

Graspian Eichelstolz keuchte erschrocken, als er sah, wie viele Märchenfiguren sich inzwischen beim Portal versammelt hatten. Es mussten knapp hundert sein, die den Weg in die Menschenwelt gefunden hatten. Gunnar Raketsson legte der kleinen männlichen Saugelfe die Finger auf die verführerisch weichen Lippen. Das fühlte sich wirklich gut an. Der Diplombiologe überlegte kurz, ob er sich der Dienste seines Begleiters bedienen sollte. Angesichts der

Zahl der Monster, die da auf ihn und sein Team warteten, hielt er es aber für besser, Kräfte zu sparen, und ent-erigierte vorsichtig. „Musch an Raketsson, Musch an Raketsson, bitte kommen", rauschte es aus dem Hodofon und Raketsson beugte sich vor, um die Lautstärke zu dämmen und gebückt antworten zu können. „Feindkontakt", sagte er leise. Auf der anderen Seite blieb es still. Offenbar hatte die Agentin verstanden, dass er sich gerade keine laute Unterhaltung erlauben konnte. „Wollen wir den Feindkontakt intensivieren?", raunzte eine Stimme hinter ihnen. Raketsson und die Saugelfe fuhren herum. Hinter ihnen stand ein Sturmtrupp aus Märchenfiguren, feixend und mit geladenen Genitalien. Der Diplombiologe hob die Hände und ließ sich widerstandslos auf die Lichtung führen. Als gestandener Wissenschaftler konnte er Siegchancen errechnen und in diesem Falle lohnte es sich nicht einmal, eine Gleichung aufzustellen. Sie waren verloren.

Greta Musch floh eine Träne aus dem Augenwinkel, als sie zusah, wie Raketsson in Begleitung irgendeiner kleinen, dicken, geflügelten Kreatur von einer Horde Märchenfiguren auf die Lichtung geführt wurde. Sie hatte nur etwa 40 Meter entfernt gestanden, aber sie hatte das Unheil nicht kommen sehen. Generell war noch keiner gekommen, seit sie hier war, korrigierte sie in Gedanken irritiert, während sie den Rock hochzog. Sie hatte schnell verstanden, dass das Portal orgasmikbetrieben sein musste, war aber bisher davon ausgegangen, dass die Märchenfiguren selbst es aufrecht erhielten. Nun aber zog sie die Lesebrille aus ihren Strapsen, um sich einen besseren Überblick zu verschaffen. Bei genauerer Betrachtung der Szenerie bemerkte sie, wie sich eine kleine Schlange unter den Anwesenden gebildet hatte, die auf das Portal zuhielt. Wer es erreicht hatte, holte einen kleinen dildoartigen Gegenstand hervor, der in seinem Inneren leicht zu pulsieren schien. Hielt die Märchenfigur den Dildo an das Portal, gab es ein schmatzendes Schlürfgeräusch, ähnlich des Geräuschs eines hungrigen Obdachlosen, der eine Tütensuppe isst. Danach war das Pulsieren und Leuchten innerhalb des Dildos erloschen, ganz so, als habe das Portal ihn ausgesaugt. Die Märchenfiguren sammelten also die Orgasmoenergie der Stadtbewohner, um den Zugang in ihre Welt aufrecht zu erhalten. Wenn sie nun alle Rammelstädter dazu brächte, einen Tag lang keinen Orgasmus mehr zu haben...Musch musste lachen bei diesem absurden Gedanken. Sie musste echt verzweifelt sein. Aber wer mochte es ihr verübeln? Offenbar waren Slikkengood und Gumbag bereits tot (letzteres hatte Leutnant Hard Longdong zwar noch nicht über den Buschfunk gesendet, aber wenn Raketsson ohne ihn hierhin gekommen war...). Greta Musch runzelte die Brauen und sog einen tiefen Atemzug in ihr Nasenloch. Das tat sie immer, wenn sie angestrengt nachdachte. Es blieb nur eine Möglichkeit, sämtliche Kreaturen und das Portal auf einen Streich zu vernichten – und die Erfolgschancen waren unsicher. Sie musste gemeinsam mit Raketsson einen gewaltigen Orgasmus erzeugen, der das Portal mit so viel Energie speiste, dass es diese Menge nicht mehr aufnehmen konnte. Die Detonation würde sie und den Diplombiologen in kleine Zellhäufchen zerfetzen, aber auch alle Märchenfiguren mit in den Tod reißen. Hoffte sie. Ein Selbstmordkommando, aber wenigstens eins mit Happy End.

Mit erhobenen Armen trat sie aus dem Schatten der Bäume, in den Schein des Lagerfeuers, an dem das tapfere Schneiderlein gerade unanständige Dinge mit den zu großen Gürtellöchern trieb. Die Blicke richteten sich auf die

Prostituierte, die sich auf dem Weg eine Zigarette angezündet hatte. In den Augenpaaren ihrer Gegenüber entdeckte sie das Gefühl des Sieges. *Gut so*, dachte sie. *Vertraut darauf, dass ihr miesen kleinen Dinger schon gewonnen habt. Was werde ich mich darauf freuen, wenn ich euch
alle im wahrsten Sinne des Wortes in die Luft blase. Hihi.
Ein Wortspiel mit Blasen.*
Raketsson hatte Musch auch bemerkt. Ihm war die Zigarette nicht entgangen, die sie sich angesteckt hatte. Normalerweise rauchte die blätternde Monroe, wie er Musch
immer gerne genannt hatte, blaue Gouloises. Heute rauchte sie Sex, eine Marke, die durch hohe Nikotin- und Teer-
werte sowie erstaunlich wenig Geschmack bestach. „Wenn
ich die rauche", hatte sie Raketsson in den Schlachten von
Ovum erzählt, „ist das unser internes Signal, dass ich bis
zum äußersten bereit bin, um den Feind zu vernichten."
„Ihr habt gewonnen", rief Musch nun mit fester Stimme an
die Märchenfiguren gewandt, „aber lasst mich und meinen
Partner bitte ein letztes Mal Sex haben, bevor ihr uns zu
Tode vögelt." Die Märchenfiguren legten die Köpfe schräg,
dann trat Angst in ihre Augen. Getuschel machte sich
breit, und das tapfere Schneiderlein ließ den Gürtel hängen. Die Agentin hob überrascht die Augenbraue. Die Blicke richteten sich nicht auf sie, sondern auf etwas hinter
ihr. Mit einem Gefühl des Unbehagens drehte sie sich zu
der kleinen Gartenhütte um. Der Nachthimmel über ihr
hatte sich noch schwärzer eingefärbt, als er ohnehin schon
gewesen war. Blitze durchzuckten die Nacht und für einen
Moment bebte der Boden so heftig, dass der Däumling
hoch in die Luft geschleudert wurde und der verblüfften
Goldmarie im Münzschlitz stecken blieb. Im flackernden
Schein des Lagerfeuers trat ein Wesen mit Hörnern, Felljacke und schweren Stiefeln auf die Lichtung, das klirrende

Ketten hinter sich herzog. Musch rann ein Schauern über den Rücken, wie sie es seit ihrem ersten Pornodreh nicht mehr verspürt hatte. Sie wusste es noch, als sei es gestern gewesen.

„Cut", rief der Produzent, „wenn wir die Prinzessin auf der Eichel heute noch fertig bekommen wollen, muss die Kissenszene funktionieren. Sie ist der bildgebende Schlüssel, das Kernstück der Dramaturgie dieses po-etischen Meister-Werks des Be-we-gungs-films!" Die letzten Silben rief er einzeln in den Raum, und Greta Musch fragte sich, ob er nun über Po-Etik gesprochen hatte oder nicht. Immerhin hatte sie gerade einen lattigen Lümmel in ihrem Analversteck. Die junge Studentin hatte vor ihrem Urlaub in die Wüste Nevada noch ein wenig Reisegeld gebraucht und war auf die Anzeige am schwarzen Brett der Filmschule gestoßen. „Sie wollen noch ein wenig Reisegeld vor Ihrem Trip nach Nevada und haben nur wenig Zeit und viel Lust? Sie wollten sich schon immer in einem Märchenambiente aus tausendundeiner Nacht mit Eichelspielen vor laufender Kamera vergnügen? Dann rufen Sie an und werden sie unsere Hauptdarstellerin! Wir zahlen bar auf die Hand, sobald sie sie nach dem Dreh gewaschen haben." Musch hatte die Nummer gewählt und war an Axel Black geraten, einen der großen Namen der Filmindustrie.
Filme wie 'Jurassic Porn', 'Kevin allein im Puff' oder 'Jane Blond – Casino Anal' waren mittlerweile künstlerisches Allgemeingut. Und Black wiederum hatte sich sofort in ihr junges Gesicht verliebt. „Sie sind eine Monroe", hatte er gehaucht, während er mit dem Maßband ihre Geschlechtsteile vermaß...

Musch sah auf. Sie war wieder ein wenig abgeschweift. Der

Gehörnte hatte sich vor der Hütte aufgebaut. Er hatte wirklich eine stattliche Statur. Sie wollte schon immer jemanden jenseits der 2 Meter 30 ficken, aber das hatte sich – ebenso wenig wie der Traum mit den dicken haarigen Arabern – niemals ergeben. Aus der Hütte trat eine gelockte schwarzhaarige Schönheit, unter dem Arm einen Korb mit Brüsten. „Hui", murmelte die Agentin, „jetzt geht's ab hier." Und damit sollte sie recht behalten.

Flore hatte in den vergangenen drei Tagen so viel von ihrer Menschlichkeit eingebüßt, als hätte sie sich zehn Mal von ihrem Jimbo RayRay getrennt. Die kleine Voodo-Sexpuppe hatte wie ein Fluch schwerer und schwerer auf ihr gelastet, aber sie hatte es nicht über sich gebracht, sie wegzuwerfen. Der Drang, sie herauszuholen und an ihr zu spielen, wurde mit jeder Stunde stärker, und wenn sie es tat, konnte sie in eine abstrakte Pornowelt sehen, in der Schwarzweiß-Penisse und kleine Klits durch die Gegend huschten und versaute Sachen zu ihr sagten. Um die notwendigen Brüste für Bakulu-Baka zu sammeln, hatte sie vieles getan, auf das sie im Rückblick nicht stolz war. Das betrügerische Hütchenspiel war nur eines von vielen Dingen gewesen. Davor hatte sie als falsche Kundenberaterin in einem Modehaus gearbeitet und den Kundinnen beim Wechseln der Bluse die Brüste mit entfernt. Einige Frauen hatte sie von einem angeblich neuartigen Community-Konzept namens breast sharing überzeugen können, einige Passantinnen hatte sie schlicht ohne jegliche Trickserei ausgeraubt.
Nun also lagen die 100 Paar in einem großen Weidenkorb, den sie dem bösen Loa überreichte. Bakulu-Baka nickte zufrieden und für einen kurzen Moment wirkte er nicht so tödlich wie sonst. „Daraus kann ich mir einen Brustpanzer bauen", murmelte der Loa verträumt.

„Was?", fragte Flore irritiert.

„Was?", sagte Baka zurück. Die Miene hatte sich wieder verhärtet, als er die Stimme erhob. „Okay, Märchenfiguren, dann rammelt diese Welt mal in Schutt und Asche. Ich geh basteln."

„Hey, Moment...", stammelte Flore, aber Dornmöschen stieß sie in einen der Blaubeerbüsche und stieß Kriegsgeheul an. Die anderen Gestalten auf der Lichtung fielen ein. Gerade, als die Meute sich in Bewegung Richtung Süden machen wollte, kam ein Mann aus dem Portal gestolpert. Es war eine absurde Szene, denn er war völlig anachronistisch gekleidet und wirkte wie ein... Nerd, dachte Musch verwirrt. Der Mann sah sich um und wirkte angesichts der teils bereits nackten Kreaturen sprachlos. Als sein Blick auf den Gehörnten fiel, kehrte er abrupt um und hastete zurück ins Portal. Die Kreaturen auf der Lichtung sahen sich verständnislos an.

Raketsson hatte die Szene ebenfalls verfolgt und als einziger den logisch richtigen Schluss gezogen. Das Portal musste instabil geworden sein, wie ein gestörter Kommunikationskanal gemäß der Shannon'schen Informationstheorie. Dies musste dazu geführt haben, dass das Portal auch zu anderen Dimensionen geöffnet war. Würde es nicht binnen kurzer Zeit neue orgasmische Energie erhalten, würde es zweifelsohne implodieren. Raketsson lächelte. Muschs Markenwechsel der Zigarette schien unnötig gewesen zu sein.

Bakulu-Baka sah einen Moment dem Unbekannten hinterher. Dann drehte er sich zurück zu seinem märchenhaften Gefolge. Das Portal in die Märchenwelt hatte sich nicht von allein geöffnet, er hatte seinen Beitrag geleistet, als er erschienen war. Das Märchenbuch von dieser notgeilen Insulanerin hatte die ganze Sache nur vereinfacht.

„Braucht ihr das schriftlich, was ich euch eben befohlen habe?", grollte er und mit einem ängstlichen Aufruf machten sich die Märchenbewohner erneut zum Aufbruch bereit.

„HALT", rief da eine neue Stimme. Musch verdrehte die Augen. Wie viele bekloppte Wendungen, Rückblicke und Nebenhandlungen sollte diese absurde Szene hier denn noch bekommen?

26 Kurs aufs Portal

Das Boot des Kapitäns peitschte nur so durch den schmaler werdenden Fluss. „Wird der Kanal nicht langsam zu eng?", rief Molly ängstlich gegen den Fahrtwind. „Was nicht passt, wird mit Tempo und Druck passend gemacht", brüllte Mr. Barnebee zurück und hielt entschlossen das Steuer fest. Sie hatten den östlichen Nippelteller auf seiner nördlichen Seite fast bis zum westlichen Abstieg umrundet. „Außerdem ist das hier nicht mehr der Kanal, wir sind schon fast bei der Quelle." Der Fluss entsprang irgendwo im östlichen Teil des nordwestlichen Teils des westlichen Nippeltellers. Oder war es der südliche Teil des westöstlichen Nordens gewesen? Molly hasste Himmelsrichtungen. Chris Adam neben ihr hatte sich mittlerweile wieder erholt und absolvierte einige Lockerungsübungen für seinen Rücken. Molly sah ihm zu. Adam war wirklich ein gutaussehender Mann. Außerdem hatten sie auf der Rückfahrt von den Sirenen einige Sätze gewechselt und der Agent hatte sich als gewitzter, intelligenter Gesprächspartner erwiesen. Sie errötete, als sein Blick sich mit ihrem traf und er ihr ein Lächeln schenkte. Bevor Molly so recht wusste, wie sie dieses Lächeln und ihre dabei aufkeimenden Gefühle einzuordnen hatte, waren sie an einem kleinen Bootssteg angekommen. Der Kapitän bremste und vertäute die Slutter II an den Holzplanken. „Etwa 300 Meter südlich liegt die Hütte", sagte er. Molly sah auf den See hinaus, bis Hannah sie um etwa 195 Grad gedreht hatte. 300 Meter südlich, hinter den Bäumen, türmten sich dunkle Wolken am Abendhimmel auf, es blitzte und etwas über den Tannenwipfeln schimmerte bläulich. „Das Portal", sagte Adam grimmig, aber entschlossen.

27 Hinterm Portal

Das Portal war etwa vier Meter hoch und drei Meter breit und leuchtete bläulich. Hindurchsehen konnte man nicht, um hineinzusehen war es zu hell. Hinter dem Portal gabelte sich der Weg rasch und führte in drei Richtungen. Die östlichste Gabelung führte zu einem kleinen Bootsanleger, an dem soeben die Slutter II vertäut wurde und Mr. Barnebee, Hannah, Molly und Adam an Land gingen. Die westliche Gabelung führte nach etwa zwei Kilometern zur Ranch von Annemarie, von der mittlerweile keine Spuren mehr übrig waren – sah man von einigen bekifften Aaskäfern ab. Lediglich Fred saß noch gemütlich in seinem XXL-Bratschlauch auf der Veranda, aber das war nicht weiter verwunderlich. Wohin hätte ein Toter auch laufen sollen? Der mittlere Weg, vielmehr ein überwucherter Pfad, führte nach gut drei Kilometern durch die Felder in ein Waldgebiet, das die meisten Rammelstädter mieden. Sagen von Geistern gingen um, die das Leben aussaugten und dort ihre Heimat gefunden hatten. Diese und ähnlich bösartige Geschichten waren auf zahlreichen Warnhinweistafeln zu beiden Seiten des Weges angebracht. Wäre jemand in dieser Stunde, die Hinweise ignorierend, weiter nach Norden gezogen und dem mittleren Pfad gefolgt, hätte er ein abenteuerliches, wenn auch in gewisser Weise putziges Schauspiel verfolgen können. Überall in den Baumwipfeln schwirrten kleine, dicke Wesen mit Flügeln umher, die mit ihren wulstigen Lippen Kommandos fiepten und einem aufgebrachten Bienenschwarm gleich mit ihren Tänzen wüste Drohungen in die Luft schrieben. Die Saugelfen machten sich für den Krieg bereit.

28 Weit weg vom Portal

 Thomas sah sich um. Das Haus war immer noch voller Dachziegel, Kaffee war auch keiner mehr da. Er hatte echt Bock auf Analsex. „Molly?", fragte er zaghaft. Die Antwort blieb aus.

Maja Jagodanski säuberte währenddessen ein Urinal und roch mit verzauberter Miene am angetrockneten Urin. Ihre Welt war in Ordnung.

Pam servierte die letzten Burger im Boobies. Ihre Schicht war zu Ende. Es reichte auch für heute.

Mr. Daggett schrieb an seinem Roman weiter.

Lukas schlief.

 29 Vorm Portal

„HALT", hatte die Stimme gerufen und nicht nur Greta Musch die Augen verdrehen lassen. Auch Raketsson seufzte auf.

Dieses ganze vor und zurück wurde doch auf Dauer langweilig. Dann aber stutzte er. Die Stimme kam ihm seltsam vertraut vor. Sie erinnerte ihn an alte Zeiten: an die finale Schlacht von Ovum. Als er die Puzzlestücke zusammenfügte, riss er die Augen auf. „Chris Adam", murmelte er.

„Chris Adam", staunte Greta Musch.

„Chris Adam?", fragte Flore, die sich weder mit Historie noch mit Porno-Pingpong sonderlich gut auskannte.

„Chris Adam", seufzten Molly und Hannah, die beim Anblick ihres heroischen Schwarms die eigene Deckung vergaßen und hinter dem nackten, muskulösen Athleten auf die Lichtung und inmitten der Märchengestalten erschienen waren.

„Elfen", rief Mr. Barnebee, der in die andere Richtung sah und vor lauter Saugelfen kaum den Pfad zu erkennen vermochte. „Penis", rief Dornmöschen und deutete auf Bakulu-Baka, der sein knochenhartes Riesengemächt unter der Felljacke hervorgeholt hatte.

„Duell!", rief Adam und deutete auf die Tischtennisplatte mit den beiden Barhockern, die im Vorgarten stand und die bisher irgendwie keiner so recht beachtet hatte.

„Jetzt erklär mir nochmal genau, warum wir die nicht in Grund und Boden ficken", sagte Gretel fünf Minuten später zu Schwänzel. Schwänzel seufzte und verdrehte die Augen.

„Schwesterchen..."

„Ja?", fragte Schwesterchen und beugte sich vor.

„Du nicht, du dumme Gans", fauchte Hänsel und sah sich mit einem Penis bedroht, den das Brüderchen ob der Beleidigung seiner Schwester gezogen hatte.

„Ich rede nicht mir dir, sondern mit meinem Schwesterchen." „Ihr seid auch Geschwister?", fragte Brüderchen und ließ den Penis sinken. „Aber warum werden dann nur wir geächtet und ihr nicht?"

„Weil ihr hässlich seid. Meine Güte, jetzt lass ihn doch mal ausreden", stöhnte Gretel.

„Also. VIELE große Schlachten der Antike, in denen ein Patt drohte, wurden zum Zweck des geringeren Blutvergießens durch einen Stellvertreterkampf entschieden. Jede Seite schickt ihren jeweils besten Krieger ins Duell."

„Aber wir würden die paar Personen doch locker fertig machen?", fragte Gretel. Schwänzel schüttelte den Kopf und nickte schräg hinter das Portal. Fast zeitgleich mit Chris Adam, Molly, Hannah und Mr. Barnebee war der Clan der Saugelfen erschienen, der nun schweigend neben dem Portal schwebte. Graspian Eichelstolz war schluchzend zu seinen Brüdern und Schwestern gelaufen, ohne dass davon jemand groß Notiz genommen hätte. Greta Musch und Gunnar Raketsson hatten sich neben Molly, Hannah und Mr. Barnebee gestellt. Schwänzel betrachtete eine Weile das Geschehen. Dann sagte er nachdenklich: „Nein. Wir sind nicht überlegen. Nicht, wenn die Elfen uns absaugen." Gretel nickte. „Na gut. Und was ist jetzt Porno-Pingpong?"

30 Porno-Pingpong

Chris legte den Ball in die Mitte des Spielfelds. Es war wie ein heiliger Akt, den mit einer Sandfüllung erschwerten Tischtennisball auf der kleinen Einbuchtung abzulegen, sich wieder auf dem Barhocker niederzulassen und dem Gegenüber nochmals böse in die Augen zu blicken, bevor man das Masturbieren begann. „Wir spielen ein ultimate single death", sagte er dem Loa, „wenn der Ball auf der Seite des Gegners die Platte verlässt, hat man verloren."

„Ich nehme das 'death' in diesem Falle wörtlich für dich, ja?", sagte der Loa und spielte mit den Brüsten im Picknickkorb. Chris lächelte. „Nur, falls du gewinnst." Bakulu-Baka war sprachlos angesichts von so viel Dreistigkeit einer niederen Kreatur. Andererseits hatte sein Gegenüber einen wirklich ordentlichen Prügel, der es an Größe fast mit dem seinen aufnehmen konnte. „Zehn, neun, acht, sieben..." Der Countdown geriet zu einem vielstimmigen Chorus beider Lager, die sich näher an die Platte begaben, jeder auf der Seite seines Kriegers. Chris bereitete sich mental vor und machte die Hände warm. „...Sechs, fünf, vier..." Der Penis des Gehörnten begann rot zu pulsieren. „Drei, zwei, eins..." Beim Ablauf des Countdowns eröffneten beide Kontrahenten das Feuer. Der Tischtennisball wurde hin und her gewirbelt, sprang kurzzeitig himmelwärts aus dem Spermagewitter hinaus und wurde bei seiner Rückkehr sofort wieder von beiden Seiten unter Beschuss genommen. Chris ächzte. Der Loa war wirklich stark. Kein Gegner bei der Weltmeisterschaft hätte einen solchen Dauerbeschuss längerfristig aufrecht erhalten können. Der Gehörnte aber zeigte keine Schwäche, im Gegenteil, er lächelte nun und erhöhte den Druck. Langsam, aber Zentimeter für Zentimeter rollte der Ball näher an den Rand von Chris Adams' Seite der Tischtennisplatte heran. Molly und Hannah stöhnten; aus Angst, aber auch, weil sie das Spiel der beiden Megadildos erregte, die dort um die Wette spuckten. Der Kapitän schloss die Augen. Es waren vielleicht noch zwanzig Zentimeter bis zu Adams Plattenrand. Zwanzig Zentimeter bis zum Sturz des modernen Gesellschaftssystems und der gesamten Welt. Vermutlich auch bis zum Ende ihres Lebens. Als es noch zehn Zentimeter waren, bäumte Chris Adam sich auf, holte die letzten Reserven aus sich heraus. Es reichte nicht, entscheidenden Boden gutzumachen, aber zumindest verringerte sich der Abstand zum Plattenrand nicht mehr. Während sich der Porno-Pingpong-Athlet mühte, flog ein Glühwürmchen an der Platte vorbei. Es war nicht allein. Dornmöschen sah als erstes, was da von oben geflogen kam – und so weit, wie sie den Mund öffnete, hätten vermutlich beide Pingpong-Prügel hineingepasst.

31 Richtung Portal

 Louis und Bella hatten nach ihrem märchenhaften Fick noch mehrere Stunden auf der Wiese am Nippelteller gesessen und die Sterne beobachtet. Vereint in ungläubiger Befriedigung über das, was ihnen widerfahren war, holten sie den kleinen Einweg-Grill aus dem Rucksack und legten zwei der Steaks auf, die sie noch an der Tankstelle gekauft hatten. „Kein Sekt, aber wenigstens ein gutes Stück Fleisch für danach", brummte Louis zufrieden. „Wir sollten öfters Insekten ficken", gluckste Bella und ihr prächtiger Hintern wackelte kräftig durch die Zwerchfellkontraktionen, die sie dabei auslöste und die sich nach

hinten-unten verstärkend fortsetzten. Louis nahm noch einen Schluck Bier und wartete, bis das Fleisch die richtige Farbe angenommen hatte. Als sie fertig gegessen hatten, die Sauce wieder in Louis' Rucksack geräumt hatten und sich gerade mit ihren Taschenlampen auf den Rückweg machen wollten, leuchtete der Himmel über ihnen. „Ach, ihr wieder", strahlte Bella, als sie den Glühwürmchen-Schwarm erkannte. Der General salutierte, Louis hob den Anglerhut zum Gruß. Die Glühwürmchen wirkten nervös und bewegten sich deutlich hektischer durch die Luft als bei ihrem ersten Zusammentreffen. Das Ehepaar sah sich fragend an. Die Leuchtkäfer flogen einen Bogen und bildeten eine Reihenfolge von Symbolen in der Luft.

„Helft beim Duell um Leben und Tod mit diesen Geschenken", las Bella, die durch die zurück liegenden genitalen Studien mittlerweile eine Theorie über den Sprachcode der Insektoiden aufgestellt hatte. „Was soll das heißen?", fragte Louis. „Und welche Geschenke?" Auf die Frage hin brachte ihm ein kleinerer Schwarm eine Flasche, die eher ärmlich nach Parfüm roch. Außerdem gaben die Würmchen Louis eine schwarze Pillendose, die ihm seltsam vertraut vorkam. „Okay", sagte Bella, während sie mit Lesebrille bewaffnet in ihr Notizbuch kritzelte. „Aber wie kommen wir zu dieser Schlacht um Leben und Tod?" Die Antwort bestand aus einem einzigen Zeichen, das alle Glühwürmchen gemeinsam bildeten. Louis fiel erst jetzt auf, wie viele es waren, mindestens zehn Mal so viele wie noch bei ihrer ersten Begegnung.

Louis musste nicht auf die Übersetzung seiner Frau warten. Ehe sie sich recht versahen, hatte sich eine riesige Wolke Glühwürmchen unter ihnen gebildet. Sie wurden in den Nachthimmel gehoben und begannen ihren unerwarteten Flug: nach Westen, in die Richtung eines bläulichen Schimmers am nächtlichen Horizont.

32 Ins Portal

Chris Adam spürte, wie ihn die Kraft verließ. Er konnte vielleicht noch zehn Sekunden seinen Mann stehen können, dann musste er sich der Niederlage eingestehen. Er sah aus den Augenwinkeln etwas Leuchtendes an sich vorbeifliegen. Dann hörte er ein Raunen im Zuschauerbereich. Kurz darauf gewahrte er eine Duftwolke, die sich von oben auf die Kämpfenden niedersenkte. Chris kannte diesen Duft. Er hatte ihn noch niemals zuvor real wahrnehmen dürfen, aber es bestand kein Zweifel. Was er da roch, war *just arms,* das Parfüm, das ihn in seiner Vision unterstützte, um bei Pingpong-Duellen einsatzbereit zu sein. Die Intensität des Duftes nahm ihm fast die Sinne und sie weckte das Animalische in ihm. Er spürte eine Härte, wie er sie nie zuvor gehabt hatte. Als er erregt den Kopf in den Nacken warf und den Mund öffnete, fiel eine Tablette hinein. Der Athlet schluckte unwillkürlich und die Tablette rutschte in sein Inneres hinab. Sofort spürte er, wie sich ein warmes, benzinöses Gefühl in seinen Hoden ausbreitete und die Viskosität und das Volumen seines Liebessaftes sich sprunghaft erhöhten. Er konnte fühlen, wie sich sein ganzes Inneres in orgasmische Energie zu verwandeln schien, die nach oben drängte, schneller und schneller, der Spitze entgegen...

Die Welt explodierte in einem weißen Schwall. Die Fontäne zerstörte den Tischtennisball und erfasste den Gehörnten. Einen Moment sah es so aus, als würde er den Halt bewahren können, doch der Aufprall war zu stark. Bakulu-Baka fiel, nein er flog rücklings über das kleine Mäuerchen, das den Garten begrenzte. Der Loa stolperte verzweifelt rückwärts, dann fiel er der Länge nach nach hinten und in das Portal hinein. Das blaue Licht saugte den haitianischen Dämon mit einem schmatzenden Geräusch in sich hinein, schien einen Moment gegen den Widerstand des Dämons arbeiten zu müssen. Dann war Bakulu-Baka verschluckt und aus dieser Welt verschwunden.

Auf der Wiese machte sich Schweigen breit. Adam brach erschöpft zusammen. Molly und Hannah eilten zu ihm, um ihn zu stützen und halfen ihm, sich auf das kleine Mäuerchen zu setzen. Brüderchen und Schwesterchen rückten ein wenig. „Haben wir jetzt verloren oder wie?", fragte Gretel ihren Bruder. Der verdrehte die Augen und sagte nichts. Dornmöschen blickte bewundernd dem im Portal verschwundenen Loa nach. „Woran denkst du?", fragte König Drosselsack. Sie drehte sich mit verträumtem Gesicht zu ihm um. „Ist es nicht eine wunderschöne Metapher, dass eine alte haitianische Gottheit durch die Macht der Onanie ins Reich der Märchen geschickt wird?"

„Naja", warf Greta Musch ein. „Die Metapher mit den Schlachten von Ovum als Kampf der Spermatozoen darum, wer die Eizelle befruchten darf, fand ich noch wesentlich besser."
„Wo war das?", fragte Drosselsack. „Ach so, das war in einem Kapitel, bevor ich aufgetaucht bin, oder?" Musch nickte schweigend.
„Die beste Metapher habt ihr noch nicht erwähnt", sagte Adam. Molly sah verwirrt von einem zum anderen und traf

schließlich auf Gretel, die ähnlich zu denken schien wie sie. Unisono fragten die beiden Mädchen: „Sollten wir jetzt nicht alle ficken oder so?" „NEIN", kam es genauso unisono von rund einhundert Kehlen zurück. Adam kratzte sich am Kopf. „Wo war ich?", fragte er. „Ach ja, die beste Metapher...Für mich ist das die im Kapitel, wo ich den Intergenitalexpress betrete." Raketsson sah ihn an und nickte versonnen. Ein Zug ohne Ziel, betrieben von austauschbaren jungen Menschen: eine Metapher für die vergebliche Energieverschwendung auf der Jagd nach Internetpornographie. Ein weibliches Feminologramm namens EVA als Sinnbild für das idealisierte elektronische Schönheitsideal. Ja, das hatte in der Tat einiges für sich. Die größte angelegte Metapher war natürlich trotzdem die Waffe Sex, die von Beginn der Erzählungen an im Mittelpunkt gestanden hatte.

Hannah drehte sich zum Kapitän um, der ihr sacht das Haar streichelte. „Warum ficken wir denn jetzt alle nicht mehr?"

„Ach, Kindchen", lächelte der Clubbesitzer und Hobbymatrose. „Wer verfolgt denn schon einen Porno bis zum Ende? Diejenigen, die jetzt noch beobachten, was wir tun, wollen heute ohnehin keine Sahne mehr vergießen."

„Apropos Sahne", sagte eine der männlichen Saugelfen, die sich zu den Menschen und Märchenfiguren ans Lagerfeuer gesellt hatte. Mittlerweile hatten alle dort Platz genommen, sogar Brüderchen und Schwesterchen saßen mit im Kreis an der warmen Glut. „Braucht ihr das noch? Sonst saugen wir das mal auf", fragte die Saugelfe nun und deutete mit sichtbarem Hunger auf das von orgasmischer Energie gespeiste Portal. Ihre Kameraden hatten bereits die Tischtennisplatte gesäubert und standen nun wartend neben dem bläulich leuchtenden Zugang zu anderen Wel-

ten. „Ja", sagten die meisten der Märchenfiguren hastig.
„Wir sollten nicht zu lange in einer Welt verharren, in der
es zwar viel Sex, aber kaum mehr wahre Liebe zu geben
scheint", bemerkte der Däumling, während er seine Po-
laroidaufnahmen begutachtete.

„Hey", murmelte Molly verlegen. „Sooo schlimm ist es hier
bei uns doch auch nicht."

„Dir ist wohl entgangen, dass sich in der gesamten Geschichte hier kein einziger richtiger Kuss aus Liebe ereig-
net hat", sagte Gretel, die ihren Bruder an der Hand genommen hatte und Richtung Portal zog. Molly dachte
nach, dann nickte sie nachdenklich. Sie hatte sich von einem Fremden mit Mayonnaise einreiben lassen, für ihren
Mann an der Stange getanzt – aber geküsst hatte sie wirklich nicht. Während die Märchenfiguren nun nach und
nach das Portal durchschritten, hegte Molly Zweifel an ihrer Welt. Es war wie ein ungutes Gefühl danach: wenn man
aufwacht aus einem Rausch der Ekstase, um sich in der auf
andere Weise harten Realität des Alltags wiederzufinden.
Es war das Ende eines Pornos, das spürte sie. Aber dieses
Mal, nur dieses eine Mal wollte sie ein anderes Happy End
erleben. Eines, das sie länger als nur für den Augenblick
befriedigte. Sie sprang auf und lief zu Chris Adam hinüber.
Ehe sich der Athlet versah, hatte sie ihn auf den Mund geküsst, ganz ohne Petting, einfach so. Sie war sogar angezogen. Er sah sie staunend an, dann lächelte er. Ihre Blicke
trafen sich, tauschten ihre Gedanken aus im blitzartigen
Transfer eines Wimpernschlags. Dann nahmen sie sich an
der Hand und rannten in das Portal hinein. Es war ein
Start in ein ungewisses Leben, aber das war es wohl immer
nach einem Porno.

Nachwort

Nun, lieber Leser: Sie haben es geschafft. Sie haben über 150 Seiten Ihres Lebens in Rammelstadt verbracht, mit den Figuren gevögelt, gelacht und gezittert – oder sich 150 Seiten lang gefragt, was Sie da eigentlich lesen. Wie ich bereits im Vorwort erwähnte, handelt es sich um einen Comedy-Action-Fantasy-Horror-Porno, mit der Betonung auf dem komödiantischen Aspekt. Ich hoffe, Sie können dieses kaum genutzte Genre für sich nun besser definieren und haben das Buch mit dem nötigen Augenzwinkern verfolgen können. Aus eigener Erfahrung kann ich dieses Machwerk als unterhaltsame Gruppenlektüre an Abenden in toleranten (!) Freundeskreisen empfehlen. Für einen solchen Zweck ist es primär entstanden und deshalb möchte ich hier genau diesem Freundeskreis nochmals danken: Freunde, es ist schön, euch zu haben und regelmäßig mit euch gemeinsam auf die Jahreswende begehen zu können. Auf viele weitere gemeinsame Jahre!

Euer Jan Sammer